DYNOWISH

IL PROTETTORE DEI SOGNI

Giunti Editore è socio di IBBY Italia

iBbY
INTERNATIONAL BOARD ON BOOKS FOR YOUNG PEOPLE
ITALIA

Leggere per crescere liberi

Sostieni anche tu IBBY Italia, i libri per ragazzi, la lettura e il diritto a diventare lettori.
www.ibbyitalia.it

Testo: Paola Myriam Visconti
Editing e coordinamento editoriale: Giovannella Masini

Realizzazione editoriale: Pagina49, Torino
Illustrazioni: Luigi Aimè

Via Bolognese, 165 – 50139 Firenze – Italia
Via G. B. Pirelli, 30 – 20134 Milano – Italia
Prima edizione: gennaio 2024

FSC www.fsc.org
MISTO
Carta da fonti gestite in maniera responsabile
FSC® C115118

Stampato presso Elcograf Spa, stabilimento di Cles

Paola Myriam Visconti

DYNOWISH

Il protettore dei Sogni

Le lacrime della Luna

GIUNTI

A tutti coloro che osano ancora sognare.

Terra dei Grandi Laghi Azzurri
Terra dei Ghiacci Perenni
Alberi della Luna
Bosco dei Pini Silenziosi
Turxicaia
EBILANDIA
Montagne Savanax
erra degli Gnomi dei Ghiacci
Alibabaian
Tyroxilandia
Arrowlandia
Mare del Sud

Mare del Nord
Torre del Nord
Lago senza Ritorno
Foresta Impenetrabile
Terra di Somniarosa
Marilandia
Terra dei Ragni Giganti
Mare del Sud
N
W
E
S

Capitolo 1

Proprio un bel guaio

"Di nuovo il solito brutto sogno!" pensò Ginny alzandosi di soprassalto. Gli incubi che la tormentavano si ripetevano identici ormai da alcune notti. C'era qualcosa di sinistro in essi, come un avvertimento. Non era mai accaduto prima di allora, e temeva di essersi cacciata proprio in un bel pasticcio dal quale non poteva più tirarsi indietro!

Ogni anno, prima di Natale, lei e suo fratello trascorrevano qualche giorno in montagna a casa della nonna. Quello era per loro da sempre un momento magico e indimenticabile. Ma questa volta, purtroppo, era diverso.

Si stiracchiò inquieta sul letto, doveva distrarsi. Incerta sul da farsi, iniziò a tormentare i suoi calzettoni di lana rosa. Poi sistemò i suoi lunghi capelli castani in una morbida treccia, chiusa da un fiocco di seta. Provò quindi a riprendere il suo lavoro a maglia: stava finendo un paio di guanti che voleva fossero pronti per Natale. Si sforzò per qualche minuto ma poi lo riappoggiò, nervosa, sul tavolino. Quella sera non riusciva proprio a concentrarsi su nulla.

Lasciò il letto dirigendosi verso la finestra: fuori, tutto sembrava tranquillo. La neve cadeva leggera da ore. Senza chiasso, aveva coperto le case, i boschi, i pini, dolcemente così come scendono i sogni. Il vento, soffiando, la sollevava creando vortici e figure che danzavano nell'aria. Socchiuse i vetri e un refolo di vento gelido la investì. Il suo pensiero tornò subito all'ultima tempesta, che ricordava come se fosse appena avvenuta, talmente violenta da travolgere la spiaggia davanti alla loro casa. Aveva lasciato ben più di qualche ferro vecchio o legno abbandonato.

Rabbrividì al ricordo. Accostò i vetri senza chiuderli e guardò Leo, suo fratello.

Sembrava già dormisse. Era disteso sul letto, spalmato sul naso un libro di Sherlock Holmes da cui spuntava un bel ciuffo di capelli lisci, castano scuro. Di fianco a lui, il suo onnipresente coltellino svizzero brillava alla luce del camino.

La sera, prima di addormentarsi, parlavano spesso dell'incredibile avventura vissuta l'anno precedente. Non l'avevano raccontata a nessuno per timore di non essere creduti, ma per loro era come se si fosse appena conclusa.

Ginny balzò sul letto e lo scosse con forza.

«Leo, ti ricordi il nostro viaggio nella foresta? Qual è stato il momento più bello per te?»

«Uffa! Stavo leggendo!» si lamentò lui in uno sbadiglio.

«Leggendo con la faccia?» lo canzonò lei, fissandolo con i suoi occhi di un azzurro acquamarina, mentre si infilava sotto le coperte accanto a lui.

Leo cercò di raccapezzare i pensieri.

«Eh, la cosa più bella dici? Non saprei... Forse l'incontro con Dynowish, Tyrox e Lady Uni! E per te?»

«Quando siamo arrivati alla casa di Agarth sospesa sull'albero e lo abbiamo conosciuto! Da quel momento mi sono davvero resa conto dell'importanza della nostra missione...»

Poi, facendosi coraggio dopo un istante di esitazione, riprese: «Senti Leo, adesso vorrei che tu mi ascoltassi con attenzione, non resisto più a tenermi questo peso. Da quando siamo arrivati dalla nonna faccio sempre incubi orribili. Sogno un'ombra nera che mi avvolge, e il nostro amico Dynowish che mi chiama e chiede aiuto. È molto debole, è bloccato da una rete nera che gli impedisce di muoversi e urla che i sogni sono in grave pericolo!».

«Dici davvero? Non te ne volevo parlare per non farti agitare, ma faccio gli stessi identici incubi anch'io!»

In quel preciso istante la porta si spalancò e comparve la nonna. Avvolta in una morbida vestaglia a fiori viola, i capelli biondo cenere raccolti come sempre in uno chignon, scarpe da casa di velluto rosa. Sembrava contrariata.

«Mi volete spiegare che ci fate ancora svegli a quest'ora?» li sgridò entrando con decisione nella stanza e dirigendosi verso l'abat-jour di Ginny, con l'evidente intenzione di spegnerla.

«Dai nonna, è ancora presto! E poi non siamo stanchi... Ci racconteresti una delle tue storie, per favore? Non riesco proprio a prendere sonno!» la pregò Ginny, cercando di apparire spensierata e dirigendosi di nuovo verso il suo letto. La lunga treccia le scendeva ora penzoloni sulla spalla.

Sorrideva in modo irresistibile, con i suoi occhioni da gatta, come tutte le volte in cui voleva ottenere qualcosa.

«Chiudi bene la finestra cara, prima di andare a letto. Sta nevicando ancora. Sai che dobbiamo partire presto domattina, ed è ora che dormiate!» rispose la nonna appoggiandosi alla poltrona, mentre li osservava con uno sguardo tra il pensieroso e l'assorto.

«Nemmeno io ho sonno» proruppe Leo sbadigliando e cercando di mettersi a sedere. Era esausto, ma la conversazione con la sorella lo aveva agitato e in ogni caso non l'avrebbe mai contraddetta.

«È così bello stare qui sotto le coperte, mentre fuori nevica. Per favore nonna solo una storia su come Dynowish aiuta i sogni a non morire mai!»

Per un attimo nessuno parlò. Soltanto il crepitio del fuoco nel camino interrompeva il silenzio, diffondendo nella stanza un profumo intenso di bosco e di resina. La nonna sembrava turbata e il suo sguardo era assente. Si mise a fissare la finestra come a cercare qualcosa, poi scosse la testa ed emise un lungo sospiro.

«Dunque, Dynowish... Dynowish, dite?» sussurrò, come rivolgendosi a sé stessa. Accarezzò con una mano gelida la guancia di Leo, e poi riprese: «Ve la racconterò un'altra volta bambini, sono molto stanca! Adesso spegnete le luci, è proprio giunto il momento di dormire!».

«Ma almeno ci puoi dire dove possiamo trovare il libro di Dynowish, così leggiamo noi tutte le sue avventure?» si lamentò Leo, che non voleva demordere.

La nonna rispose contrariata: «Ve l'ho già spiegato altre volte: siete troppo piccoli e avete tanto da imparare prima di leggere quel libro! Non è ancora adatto a voi. Ci sono molte cose che rischiereste di non comprendere, potenzialmente pericolose, e magari potreste mettervi in testa delle strane idee! Non credo nemmeno di averlo qui. Sono storie che ho imparato quasi tutte a memoria: mia nonna me le ripeteva ogni sera, quando avevo la vostra età. Ora, buonanotte cari, fate bei sogni!».

E rimboccò loro le coperte. Ma un attimo prima di uscire dalla stanza, si girò verso di loro e aggiunse: «Ricordate di custodire con cura i vostri sogni e credete sempre in essi! Non abbandonateli mai, perché non esistono sogni impossibili. L'*impossibile*, è solo il *possibile* che non riusciamo ancora a vedere!».

Poi chiuse la porta e i bambini udirono i suoi passi allontanarsi lungo le scale.

CAPITOLO 2

Un'idea geniale

Rimasti soli, i due fratelli restarono qualche minuto in silenzio, poi Leo iniziò a parlare.

«Ginny perché pensi che la nonna non voglia farci leggere il libro?»

«Dice che è pericoloso e siamo troppo piccoli... Immagina se sapesse della nostra avventura dell'anno scorso! Cosa potrebbe accadere di più? Non ha proprio idea di quanto siamo già coinvolti con Dynowish!»

Dopo un istante di silenzio, lei proseguì: «Leo, ascoltami! Mi è venuta un'idea geniale. Ti ricordi dov'è sempre stato il libro? È rinchiuso nella soffitta della nonna da anni, e l'ultima volta che l'abbiamo visto ci è caduto ai piedi. Guarda caso, il giorno dopo ci è apparso Dynowish, in carne e ossa! Sembra un segno, non è vero? Ci deve essere qualche collegamento. Forza! Saliamo in soffitta e cerchiamolo, perché domani partiremo. Se lo troviamo forse scopriremo qualcosa di importante! Magari parla di noi e della nostra avventura per liberare i sogni, e degli incubi ricorrenti di questi giorni...».

«E se invece il libro svelasse qualcosa sulla nonna che lei non vuole far sapere? Non ti sei mai chiesta come mai lei sola conosca tutte queste storie?»

I due si guardarono per un attimo, attoniti. Quel dubbio era in effetti più che plausibile.

Da quando erano arrivati, la nonna agiva in modo davvero strano. Quasi ogni giorno si chiudeva nella sua camera per alcune ore, chiedendo di non essere disturbata. Inoltre si era assentata più volte, senza dare spiegazioni, organizzando per loro numerose attività fuori casa, come se li volesse tenere lontani.

Li aveva addirittura lasciati trascorrere una notte da alcuni amichetti, cosa che fino a quel momento era stata loro assolutamente proibita. Per non menzionare il fatto che si era dimostrata terribilmente distratta. Aveva lasciato che la posta si accumulasse senza aprirla, si era dimenticata di chiamare il falegname perché aggiustasse la porta del fienile, tanto che si era rovinata completamente e, quando la caldaia si era rotta, aveva tardato a chiamare il tecnico lasciandoli per più di tre giorni senza acqua calda!

L'argomento li turbava entrambi.

Ginny giocherellava nervosamente con un gomitolo di cotone che si stava ingarbugliando. Il suo viso era contratto e gli occhi assenti. Leo interruppe il silenzio per rassicurarla.

«Che assurdità mi vengono in testa a volte. Ma hai proprio ragione. In quel libro c'è di certo qualcosa che dobbiamo sapere. Questa è la nostra ultima occasione, non torneremo qui fino al prossimo inverno!»

«Speriamo che sia ancora nello stesso posto! La soffitta della nonna è un mondo misterioso! Ricordi quella volta che avevamo nascosto i nostri vecchi pattini fingendo di averli persi perché ce ne comprassero di nuovi?»

«Certo! La mattina dopo siamo saliti e al loro posto ne abbiamo trovate due paia nuove di zecca!» rispose Leo, sorridendo al ricordo.

«E quella volta della chiave d'argento?» lo interrogò Ginny, che nel frattempo si era seduta sulla poltrona.

«Sembrava si muovesse da sola!» rispose Leo con un sorriso forzato.

Afferrò il suo coltellino come per mimare il suo racconto.

«Ho provato a usarla in diversi modi. Calzava perfettamente nella serratura di quel vecchio baule ma poi accadeva sempre un fatto stranissimo. Facevo fare alla chiave tre giri in avanti, poi questa si bloccava opponendo resistenza e li ripeteva da sola nel senso inverso, come se avesse all'interno un meccanismo particolare...»

«Mi ricordo eccome! E anche la tua faccia, rossa come un peperone, quando cercavi di tirarla fuori dopo che era rimasta incastrata!» sghignazzò Ginny al ricordo.

Leo fece finta di ignorarla. Si era seduto anche lui su una poltrona intento a intagliare un legnetto preso dalla cesta vicino al camino, come faceva quando voleva distrarsi da qualche pensiero che lo turbava.

«Leo, stai attento a non sporcare. La nonna ti ha detto almeno mille volte che non vuole tutti questi trucioli di legno sparsi per la camera! Meglio non farla arrabbiare per sciocchezze come queste!» lo rimbrottò lei mentre spostava con il piede qualche scheggia che le era caduta vicino.

«Dopo pulisco» le rispose lui, assente.

Si capiva che stava pensando a qualcos'altro.

Ginny allora, come per divagare, riprese: «E ricordi la strana pianta rinchiusa in quella tetra credenza? È un miracolo che sia ancora viva e vegeta. Mi sono sempre chiesta come sia sopravvissuta, senza un filo di luce e praticamente senz'acqua. La nonna mi disse che si trattava di una pianta rarissima, che vive nell'estremo nord e non necessita di molte cure. Basta annaffiarla una sola volta ogni sei mesi, e non ha bisogno di luce. Ma non mi ha convinto affatto questa storiella. Si chiama... Pianta Notturna, o qualcosa del genere. Ho cercato di informarmi, ma anche il giardiniere mi ha detto che non ne ha mai sentito parlare. 'In questo mondo non esistono piante che possano vivere senza luce, signorina'. Così mi ha detto! Anche se fosse vero, mi sorge spontanea una domanda: che senso ha possedere una pianta per tenerla rinchiusa a chiave nel mobile di una soffitta polverosa? Chissà, magari avrà un altro scopo che non sia quello di abbellire qualche salotto! Ma quale?» chiese Ginny muovendo le mani verso l'alto, per enfatizzare i suoi sospetti.

Leo non le rispose. Continuava a lavorare il suo pezzetto di legno senza alzare lo sguardo.

«Mi potresti dire che cosa ti succede?» chiese Ginny, che non amava essere ignorata.

Dopo un attimo di silenzio, lui reagì dicendo: «In realtà, quella non è la cosa più strana che ho visto, te l'assicuro. Forse è proprio arrivato il momento di raccontarti una cosa. Si tratta ancora di quella chiave di cui stavamo parlando. Ricordi quando, lo scorso anno, il giorno prima del compleanno della mamma, avevamo litigato perché tu eri insopportabile e non volevi giocare? Dicevi che dovevi finire a tutti i costi quella borsa...».

«Ah, ecco! Certo! Io ero insopportabile perché desideravo fare con le mie mani un regalo alla mamma, per festeggiarla. A te non importa un bel niente dei compleanni? Capisco del mio, ma anche di quello della mamma? Non le hai fatto nemmeno un piccolo pensiero, mi pare. E comunque, credi di essere stato così gentile proprio tu, che continuavi a tirarmi una pallina addosso fingendo che fosse per sbaglio? Ho dovuto cacciarti fuori e chiudermi in camera a chiave, per poter finire il lavoro!» sbottò lei risentita.

«Oh, santo cielo Ginny, hai davvero voglia di litigare?» si lamentò lui con voce accomodante e con un sorriso conciliatore.

«Certo che la rigiri sempre come ti pare fratellino, ma io non ci casco, non sono la mamma!»

Lui alzò gli occhi al cielo facendole il verso con le labbra, ma senza emettere alcun suono e cercando di non farsi vedere. Poi rigirò fra le mani il legnetto, che si era trasformato in un fiorellino graziosissimo, e lo porse alla sorella: «Pace, ok?».

Ginny lo afferrò. Era davvero ben fatto. Non resisteva mai a quelle creazioni, che amava collezionare.

«D'accordo, ma solo se dopo me ne fai un altro uguale!» e sfoderò un sorriso rappacificatore.

Leo quindi riprese a parlare.

«Allora, come stavo dicendo, quel giorno avevo appena sbattuto la porta per andarmene da solo in giardino, ma poi ho cambiato idea e sono salito in soffitta con il mio fedele coltellino. Mi ero proprio fissato su quella serratura e volevo aprirla, anche a costo di forzarla. Beh, per fartela breve, la stessa chiave che poco prima avevamo lasciato in terra vicino al baule, l'ho ritrovata appoggiata sul tavolo. E accanto, c'erano un calamaio, un foglio e una penna stilografica. Incuriosito, mi sono avvicinato e tutto si è mosso leggermente, come se il tavolo fosse stato scosso da una forte vibrazione. Non so come, la chiave ha continuato a muoversi, cadendo per terra, per tornare nel punto esatto dove l'avevamo lasciata. Ho provato a prenderla e mi è sfuggita dalle mani tanto era gelata, sembrava fatta di ghiaccio. Poi ho sentito uno scricchiolio provenire dal tavolo, e sia la penna che il calamaio si sono spostati verso di me. Ho afferrato quindi la penna, l'ho intinta nel calamaio e ho cercato di scrivere qualcosa. L'inchiostro era di un bel verde intenso, ma non si vedeva nulla di ciò che scrivevo, come se fosse un inchiostro invisibile. Allora ho voluto controllare, e me ne sono spalmato un po' sulla mano: era verde proprio come lo vedevo nella bottiglia».

«Ma perché non mi hai detto nulla?» lo rimproverò Ginny.

«E quando, scusa? Non hai appena detto tu che ti sei chiusa a chiave in camera per tutto il giorno?»

«Beh, ma poi siamo andati a cena e il giorno seguente abbiamo passato insieme un sacco di tempo!» rispose lei.

«Non siamo mai stati soli, se ti ricordi. Comunque, anche se te lo avessi raccontato, che cosa sarebbe cambiato? Siamo partiti la mattina stessa e non avremmo comunque avuto il tempo di andare a verificare».

«Ma hai almeno provato su qualche altro pezzo di carta?» lo incalzò Ginny ignorando la sua obiezione.

«Ovvio, che cosa credi? Non trovando altri fogli ho usato un libro, ma succedeva sempre la stessa identica cosa!»

«Magari non intingevi bene il pennino. È capitato anche a me una volta a scuola, usando una penna stilografica...» minimizzò lei, afferrando il suo lavoro a maglia.

«Lo sapevo che non avrei dovuto raccontartelo, signorina so tutto io che non sei altro!» disse Leo, buttandosi di nuovo sul letto e spegnendo la lampada sul suo comodino.

«Senti Leo, non ho affatto voglia di mettermi in testa altre cose assurde. C'è già questa faccenda del libro, e poi se aggiungiamo tutte queste stranezze mi agito ancora di più, lo capisci?» rispose lei che si era avvicinata al fratello e gli si era seduta accanto. Poi, riprese con una voce gentile: «Leo, scusami! Ho davvero paura che stia accadendo qualcosa di molto più grande di noi!».

Lui si alzò appoggiandosi sul gomito, le strinse la mano un attimo come per rassicurarla.

«Ricordi cosa ci dice sempre la mamma? 'Gli ostacoli esistono per essere superati!'»

«'E ciascun ostacolo è alla nostra portata'» concluse lei, facendogli l'occhiolino.

«Fammi riposare un attimo, ora» mugugnò lui con un enorme sbadiglio.

«No Leo, ti prego, non metterti a dormire proprio adesso! Dobbiamo solo aspettare un altro po', fino a che la nonna si addormenta, e poi saliamo di sopra...» disse Ginny togliendogli di colpo le coperte per impedirgli di dormire.

«Va bene, ho capito!» si lamentò lui, leggermente imbronciato.

«Puoi leggere il tuo libro di Sherlock Holmes, così magari ti viene qualche bella idea...» lo canzonò, porgendogli il libro al contrario e appoggiandoglielo di nuovo a piena faccia.

Lui lo prese in mano di malavoglia e cominciò a leggere.

Ginny intanto si era alzata e guardava di nuovo fuori dalla finestra. Sembrava che il vento si fosse leggermente placato e il silenzio avvolgeva ogni cosa. Si accomodò sulla poltrona e riprese a sferruzzare.

Non dovettero attendere molto.

CAPITOLO 3

Alla ricerca del libro

Il buio avvolgeva la casa. Si udiva solo il vento sibilare tra gli abeti, di tanto in tanto.

I bambini erano rimasti all'erta. All'improvviso, il rintocco della pendola risuonò come un campanello d'allarme dal fondo delle scale, squarciando il silenzio. Era tempo di andare.

Sgusciarono dal letto scivolando come anguille, avanzarono attenti a evitare le assi di legno traballanti, aprirono pian piano la porta della camera trattenendo il respiro, e si avventurarono in punta di piedi verso la soffitta.

Consapevoli di infrangere il divieto della nonna di pochi istanti prima, si sentivano colpevoli di tradirne la fiducia.

D'altra parte si trattava della loro ultima occasione: sarebbero partiti l'indomani per arrivare a casa prima del giorno di Natale.

Erano certi che il libro custodisse un importante segreto, che lei voleva tenere loro nascosto per qualche ignota ragione. Gli incubi ricorrenti che avevano turbato entrambi non potevano essere una mera coincidenza. Dynowish forse era realmente in pericolo. Non avevano scelta, dovevano fare di tutto per scoprirlo.

La scala che conduceva alla soffitta era malferma e scricchiolava con facilità. Joy, la loro cagnolina, dormiva nella sua cuccia in cucina e, appena sentì i primi rumori, corse su per le scale mugolando.

«Zitta Joy, non vorrai svegliare la nonna e metterci nei guai!» le sussurrò Ginny, tranquillizzandola. «Torna giù, fai la brava!»

Lei ubbidì scivolando giù silenziosa.

I due proseguirono quindi con circospezione. Ginny, salendo, si affacciò alla tromba delle scale per controllare. Si accorse che la porta della camera da letto della nonna era socchiusa, e dall'interno filtrava una luce rosa che sembrava pulsare. Le parve strano che non dormisse ancora, ma ormai dovevano proseguire. Avrebbero dovuto fare ancora più attenzione a non farsi scoprire.

Raggiunta la soffitta, i bambini si fermarono di scatto. Di solito la porta cigolava in modo orribile. Stranamente questa volta si aprì senza alcun rumore e, al contrario, non dovettero nemmeno spingerla.

«Forse la nonna ha cambiato la serratura, finalmente!» disse Leo.

Ma Ginny aveva un'espressione diffidente.

«A cosa stai pensando, Ginny?» indagò allora lui, che aveva notato lo sguardo sospettoso della sorella.

«Che tutto è un po' strano. Sai come la nonna sia affezionata a tutte le cose vecchie. Perché avrebbe dovuto fare dei cambiamenti? E proprio la serratura di questa porta che apparentemente non usa mai. Secondo me nasconde qualcosa qui dentro...»

Il viso contratto di Leo interruppe i suoi ragionamenti e Ginny cercò di minimizzare.

«Chissà, forse sono solo stanca e mi faccio trasportare dalla mia solita immaginazione! Forza fratellino, troviamo il libro e scendiamo...» concluse, ed entrò nella stanza con un movimento rapido.

La soffitta, immersa nell'oscurità, faceva uno strano effetto. Era popolata di sagome nere e di oggetti minacciosi, e quasi stentarono a riconoscerla. A una prima occhiata appariva piuttosto in ordine, ma guardando con maggior attenzione notarono che molti oggetti l'affollavano. Davanti a loro, robusti scaffali di legno ospitavano curiose suppellettili, mentre a sinistra era ammassata qualche sedia simile a quelle del soggiorno. I libri, che i bambini ricordavano sparsi un po' ovunque, erano stati riposti in fondo alla stanza, in una grande libreria che prima non c'era.

Ginny si avvicinò al mobile in cui ricordava di aver visto il libro di Dynowish l'ultima volta, quando era caduto ai loro piedi. Al suo posto, alcune brocche antiche impilate, accanto a insoliti strumenti di ottone e ad alcuni calamai con inchiostri dai colori sgargianti.

«Ma... Non c'è più!» sbottò Ginny, contrariata. «E cosa sono tutti questi strani oggetti? Non ricordo di averli mai visti prima».

«Non ne ho la minima idea, Ginny. Ma siamo alle solite: perché la nonna avrà spostato il libro? È stato qui per anni... Proviamo a cercare nella libreria!»

Si accorse subito che conteneva volumi molto antichi, rivestiti di pelle e tessuti preziosi. In un attimo Ginny gli fu accanto.

«Se la fortuna ci assiste, dovremmo fare in fretta: sembrano disposti in ordine alfabetico... Ma con questo buio non si vede niente!» si lamentò lei.

Dense nuvole nere si rincorrevano ora nel cielo, oscurando la fioca luce della luna. In breve tempo furono immersi nel buio più totale.

Leo estrasse una minuscola torcia dalla tasca della vestaglia.

«Ecco qui!» esclamò, e un fascio di luce gialla illuminò alcuni volumi.

«Bravo fratellino, pensi sempre a tutto!» proruppe lei con un sospiro di sollievo.

Entrambi quindi proseguirono nella ricerca ma i titoli, lisi e ingialliti dal tempo, si leggevano a fatica. I libri erano tantissimi e, man mano che li sfilavano dagli scaffali, sembravano moltiplicarsi.

«Ma che scherzo è questo? Non vedi? Ne togli uno e ne compare subito un altro!»

«Siamo solo stanchi Leo, ecco tutto!» cercò di tranquillizzarlo Ginny, stiracchiando le labbra in un finto sorriso, con il cuore che martellava come un tamburo. Effettivamente, quel che stava accadendo era alquanto strano.

«Ricordo che era un libro voluminoso...» divagò, come parlando fra sé e avvicinandosi per leggere meglio.

Ma, d'un tratto, udirono uno scricchiolio provenire da dietro la libreria. Poi, un fruscio come se qualcosa strisciasse sul pavimento dall'altra parte del muro.

Sentivano un formicolio alle punte dei piedi, per lo sforzo di stare lì fermi e non scappare.

«Cosa pensi che sia? C'è forse qualcuno al di là del muro?» domandò Leo, mentre la torcia gli stava scivolando dalle mani sudate.

«Ladri!» Ginny aveva il terrore che qualche ladro entrasse in casa, era più forte di lei.

«Cosa vuoi che rubi un ladro in una soffitta come questa? E poi Salimeaux è un paesino tranquillo, si conoscono tutti e non c'è mai stato un furto. Ce lo dice sempre, la nonna!» rispose Leo con una voce strozzata, tutt'altro che rassicurante.

«E allora chi credi che sia, saputello che non sei altro?»

«Non ne ho idea. Forse un mostro?»

«Ah, certo, un mostro! Tutti sanno che qui vivono centinaia, meglio, migliaia di mostri!»

«Ginny, qualsiasi cosa sia, dobbiamo vedere chi si nasconde là dietro!»

«Se ci fosse una porta? Forse dovremmo spostare la libreria...»

«Può essere, ma non riusciremo a farlo da soli!»

«Hai ragione. E se provassimo a togliere tutti i libri per renderla più leggera? A quel punto magari, potremo scostarla dal muro quel tanto che basta per vedere se dietro c'è qualcosa!»

I due si misero alacremente al lavoro ma, dopo pochi minuti soltanto, udirono un rombo fendere l'aria, seguito dallo sbattere frenetico delle imposte.

«Accipicchia, la nonna ora si sveglierà di certo e, se si accorge che non siamo in camera nostra, saranno guai!» si allarmò Leo.

«Ma come facciamo a lasciare tutti i libri in questo disordine?»

«Partiremo di mattina presto, non avrà il tempo per venire in soffitta, a meno che non ci trovi qui ora!» disse Leo indicando la porta che era rimasta socchiusa e da cui filtrava una luce giallastra.

«Come vedi, la nonna si è svegliata!»

I bambini si guardarono terrorizzati. Un vento gelido sibilava tra le fessure delle finestre e al piano di sotto gli scuri sbattevano sempre più forte.

«Adesso o mai più!» esclamò Ginny.

Approfittarono del frastuono della bufera per scendere le scale di corsa, con l'impeto di una corazzata in piena navigazione.

«Cosa sta succedendo, nonna?» urlarono quasi all'unisono, fingendo di essere stati svegliati dai rumori.

La trovarono in piedi, vicino all'orologio a pendolo nell'ingresso. Teneva in mano una chiave dalla forma insolita. Non appena scorse i nipoti la ripose velocemente in una tasca, chiuse lo sportello di vetro dell'orologio che era leggermente aperto e li fissò contrariata.

«Si può sapere cosa fate in giro a quest'ora?»

«Abbiamo paura della tempesta!» mentì Ginny.

«E di cosa avreste paura, di preciso?» rispose con un tono indecifrabile, come se fosse incerta se arrabbiarsi o essere conciliante.

La pendola batté le dieci. Scossa da quel suono, si rivolse a loro come per giustificarsi, e iniziò a raccontare.

«Ieri sera mi sono dimenticata di caricarla... Dovete sapere che questo è un orologio molto antico e prezioso. Il legno con il quale è stato costruito proviene da una pianta millenaria di nome Pandia, cresciuta durante le notti di luna piena, e sopravvissuta a innumerevoli tempeste. L'acqua dei temporali è il fortificante più potente al mondo. Sono le tempeste, infatti, a renderci resistenti e coraggiosi. Pare esistano solo tre esemplari di questo orologio in tutto il mondo. È molto delicato e richiede attenzioni speciali!»

La nonna si diresse quindi verso la cucina quando Ginny, che si era avvicinata alla pendola, vide aprirsi una porticina sul fronte dell'orologio, e una minuscola figura affacciarsi e sbirciare fuori.

Indossava una lunga gonna color lilla, tessuta con petali di fiori, reggeva una valigia in mano e aveva i capelli raccolti in uno chignon... Era assolutamente identica a Chepi, la custode dei sogni abbandonati incontrata l'anno precedente sulla spiaggia davanti a casa, ma in miniatura!

Appena la figurina si accorse di lei, in un battito di ciglia rientrò all'interno dell'orologio.

«Leo, accipicchia! Hai visto anche tu?» urlò Ginny tirandolo per un braccio. Ma lui non ebbe il tempo di rispondere: la nonna era già tornata e lei la interrogò tutta agitata.

«Chi è quella piccola figura che è uscita dall'orologio?»

«Di cosa stai parlando cara?» rispose lei, tornando verso di loro.

«Proprio lì, nella pendola!» si agitò Ginny, rossa in viso, indicando il luogo dove l'aveva vista sparire.

«Io non vedo nulla... Sciocchezze, sei solo stanca» l'apostrofò con un sopracciglio alzato, come faceva sempre quando era irritata. «Per favore piccola, non farti sempre travolgere dalla tua immaginazione! Ti ho detto che leggi troppe storie di fantasia, ormai sei grande e devi cominciare a comportati come una bambina della tua età!» proseguì la nonna, con un tono che si sforzava di essere gentile ma somigliava più a una frustata.

Poi, cambiando repentinamente discorso: «Allora, dato che ormai siete qui, aiutatemi almeno a chiudere le finestre!».

Ginny notò a quel punto che la nonna non indossava la camicia da notte, né la vestaglia di poco prima. Era invece vestita come se stesse uscendo, e sotto un lungo cappotto viola sbucava una gonna di colore lilla intenso che sembrava tessuta di petali di fiori.

Ginny la indicò con un cenno al fratello, che si voltò farfugliando: «Ma, ma...».

«Zitto!» sibilò lei, guardando con la coda dell'occhio la pendola che sembrava essersi improvvisamente tinta di un pallido rosa.

Nel frattempo la nonna, con apparente noncuranza, si era chiusa scrupolosamente i bottoni del cappotto in modo che non si vedesse cosa indossava sotto.

«Ma che avrete da confabulare voi due? Svelti, altrimenti si romperanno i vetri delle finestre! Questa tempesta è molto violenta, non c'è tempo da perdere!» ingiunse loro mentre correva trafelata avanti e indietro per le stanze.

Si misero tutti al lavoro e per un po' nessuno fiatò. Solo quando ebbero finito, la nonna li lodò.

«Ottimo lavoro, bambini! Ora siamo al sicuro. Voi tornate a letto, io resterò ancora un po' qui, a controllare che tutto sia tranquillo!»

«Nonna, ma non hai sentito i rumori che provenivano dal piano di sopra, questa notte?» le chiese Leo mentre la sorella cercava inutilmente di zittirlo, stringendogli con forza il braccio.

«Ahia, che male!» urlò lui iniziando a saltellare.

Ginny, irritata, lo interruppe: «Ah, scusa! Non l'ho fatto apposta!».

Ma avrebbe voluto dire tutt'altro.

«Rumori? Quali rumori? Sarà stato il vento non credi? Non sarai stata tu, Ginny, a mettergli in testa strane idee? Hai forse ancora paura dei ladri, tesoro?» sospirò la nonna. «Non ci sono ladri qui cara, e comunque non c'è davvero nulla da rubare lassù. Sono mesi che non salgo di sopra! Ora, per favore, smettete di farvi i dispetti e andate a letto da soli. Non ho più le forze per salire le scale!» concluse mentre si accasciava stremata su una sedia, facendo attenzione a tenere il cappotto ben chiuso.

Ginny non voleva desistere, e si fece coraggio: «Perché ti sei messa il cappotto? Stavi uscendo?».

«Mi ero preparata per farlo, cara. Non ero sicura di avere ripiegato le sedie e i tavoli del giardino. Ma basta con le domande, filate a letto immediatamente. Se le strade non saranno bloccate partiremo come da programma. Speriamo smetta presto di nevicare, altrimenti la mia macchina sarà sommersa dalla neve e avrò bisogno di aiuto per liberarla!» concluse, indicando l'unica finestra senza scuri, da cui si vedeva infuriare la tempesta.

«Eh, davvero! Abbiamo ancora tante cose da fare qui...» esordì Leo, facendo l'occhiolino a Ginny che lo guardò sprezzante.

I bambini quindi si accomiatarono da lei con un bacio e si diressero di sopra.

«Mi fai male se mi stringi così, Ginny!» sussurrò Leo.

«Vuoi stare zitto? Ne riparliamo in camera!»

Appena chiusero la porta alle loro spalle, Ginny iniziò a parlare: «Ma Leo, cosa ti è saltato in mente di dire alla nonna? Puoi spiegarmi perché le hai detto che dovevamo fare ancora molte cose qui?».

«Ehm, ecco... Pensavo al libro!»

«Ovvio che pensavi al libro! Lei ci ha detto chiaramente che non vuole che lo leggiamo. Ci mancava che le confessassi che siamo andati in soffitta a cercarlo! Ma piuttosto, non hai visto com'era vestita? È chiaro che stava per uscire e ci ha mentito!»

«Certo, Ginny, era molto strana questa sera. Sembrava che dovesse fare qualcosa».

«Resta il fatto che se salisse in soffitta saremmo nei guai, con tutto quel disordine...»

«In tal caso, le diremo che non siamo stati noi. Le abbiamo appena detto che avevamo sentito dei rumori strani!» suggerì Leo, raggiante per avere avuto un'idea così brillante nonostante stesse barcollando dal sonno.

«Non è una sciocca, lo sai. Non ci cascherebbe! Ascolta invece il mio piano: sono sicura che sarà stanca, dopo tutto questo lavoro, e si addormenterà presto. Aspettiamo ancora un po' svegli, e poi andiamo a sistemare di sopra per bene!».

«Buona idea, Ginny! Ma ti prego, prima lasciami dormire qualche minuto soltanto, sono proprio distrutto».

Appoggiata la testa al cuscino, Leo iniziò immediatamente a russare.

Ginny alzò gli occhi al cielo e si accasciò sulla poltrona. Pensò tra sé, come per rassicurarsi, che niente poteva essere più inquietante di quello che era appena accaduto. Ma poi le si insinuò un dubbio angoscioso: se fosse invece solo l'inizio di qualcosa di così grande che nemmeno lei poteva immaginare? Con la testa affollata da tutti quei brutti pensieri non avrebbe dormito facilmente quella notte.

Si alzò e si diresse alla finestra per aprire leggermente un'imposta e guardare fuori.

La neve cadeva abbondante e il vento soffiava fortissimo, piegando gli abeti che ondeggiavano come un mare in tempesta. La foresta attraeva il suo sguardo come un magnete. Folta di pini altissimi, nera e profonda come una grotta, si vestiva ora di bianco perfino sui tronchi, giganteschi pilastri di un palazzo oscuro e minaccioso.

Avvertì una sensazione orribile. Un brivido le corse lungo la schiena. Aveva paura. Cosa si celava fra quelle ombre? Dynowish era forse intrappolato in quel gelo?

Distolse lo sguardo e chiuse la finestra.

Senz'altro il giorno successivo non sarebbero partiti, pensò. Avrebbero avuto tutto il tempo per trovare il libro e scoprire qualcosa di più.

Si diresse verso la poltrona con il suo lavoro a maglia e si avvolse in una morbida coperta di lana.

Trascorsa mezz'ora, si affacciò alla porta: tutto sembrava tranquillo.

Come concordato decise di svegliare Leo, che non ne voleva sapere di aprire gli occhi e alzarsi. Con fatica lo sostenne, facendogli raggiungere lentamente la porta.

Nel buio, davanti a loro, rigida come una colonna di marmo, la nonna li fissava contrariata.

«Dove pensavate di andare ora?» chiese, piuttosto irritata.

«In cucina, avevamo sete...» mentì Ginny.

«Sete? Se non sbaglio vedo due belle bottiglie d'acqua di fianco al letto e sono ancora chiuse...» rispose indicando in direzione dei loro comodini.

«No, voleva dire... fame!» riprovò Leo.

Poi Ginny, pronta a tutto, si avvicinò a lei cingendole la vita e, con una vocina dolce, si scusò: «Nonna, il fatto è che questa tempesta ci ha davvero spaventati. Perché non ci racconti una delle tue storie per favore? Ti promettiamo che subito dopo dormiremo».

Leo intanto si era già buttato sul letto, cercando di evitare lo sguardo severo della nonna. Detestava contrariarla e soprattutto essere sgridato.

«D'accordo, anch'io non riesco a addormentarmi, tutto questo lavoro invece di stancarmi mi ha svegliato» rispose lei inaspettatamente. I bambini si lanciarono un'occhiata di sollievo: si aspettavano che fosse molto meno accomodante. Invece, stranamente, sembrava averli già perdonati.

«A letto anche tu, Ginny, come tuo fratello! Poi, non voglio sentire altre scuse!»

I bambini si sistemarono ben bene al caldo dei loro letti e infilarono la testa sotto le lenzuola come amavano fare quando la nonna si sedeva vicino a loro, narrando storie incredibili che nessun altro, a parte lei, conosceva.

La sua voce calda e avvolgente e le trame dei suoi racconti li facevano sempre sprofondare in un mondo invisibile, brulicante di vita, di personaggi straordinari e di colori meravigliosi. Tutto accadeva in un attimo, non appena chiudevano gli occhi e restavano in silenzio. Erano pronti ad ascoltare.

CAPITOLO 4

Un bambino coraggioso

La nonna si accomodò meglio sulla poltrona, inforcò due piccoli occhialini nascosti in una tasca della vestaglia, come se leggesse un libro invisibile. Si schiarì un attimo la voce e iniziò.

«In un freddo paese del Nord, molto tempo fa, viveva un bambino di nome Mizuar. Aveva da poco compiuto tre anni quando i suoi genitori morirono e lui fu affidato a una vecchia zia di nome Armiza, una donna acida e severa che odiava profondamente i bambini.

Trascorse i suoi primi anni rinchiuso in quella casa. Raramente gli era concesso di uscire se non per svolgere compiti faticosi, come andare a prendere le uova nel pollaio, pulire l'aia e la stalla, o andare a scuola. Per il resto del tempo era costretto a restare nella sua stanza.

Ma c'era una cosa che detestava più di ogni altra: gli era assolutamente proibito varcare una pesante porta di legno, piena di lucchetti e serrature, che conduceva alla camera della zia. A ogni suo passaggio lei l'apriva e la chiudeva scrupolosamente, usando un pesante mazzo di chiavi dalle forme insolite e ingombranti, che portava sempre con sé.

Inoltre, la zia non ammetteva visitatori, a eccezione di una vecchia signora più anziana e arcigna di lei, che arrivava di solito la sera dopo cena, coperta da un lungo mantello di lana scuro. Talvolta, le due donne varcavano insieme quella porta misteriosa, e non ne uscivano più fino al giorno successivo.

Una notte, quando Mizuar aveva appena nove anni, avvicinandosi alla cucina in punta di piedi per prendere un bicchiere di latte, udì la voce aspra della zia raccontare all'amica che Mizuar aveva un nonno, all'oscuro dell'esistenza del bambino.

'Sicuramente lui lo avrebbe voluto con sé, ma immagina che guaio! Già con la figlia era rischioso, per fortuna il ragazzino lo abbiamo preso in tempo... E sai che cosa ho appena saputo? Pare che il libro sia di nuovo nelle mani del vecchio! Questo sicuramente cambierebbe le cose, ma occorre esserne assolutamente certi prima di agire!' sibilò, emettendo poi un ghigno feroce.

A quelle parole, Mizuar rimase immobile, come pietrificato. Aveva quindi un nonno? Corse subito in soffitta, dove si ricordò che la zia aveva ammassato le poche cose appartenute ai suoi genitori, e lì si mise ansioso a cercare tra le loro vecchie carte.

Si stava per scoraggiare quando trovò una lettera ingiallita dal tempo, nascosta nella tasca di una vecchia borsa di pelle. Era scritta dalla mamma e indirizzata a un certo Aschemius. Veloce, l'aprì e capì di chi si trattava. Aschemius era proprio suo nonno anche se, da quanto vi lesse, si rese conto che fino ad allora non era stato messo a conoscenza della sua nascita. La busta riportava la data del suo terzo compleanno, ed era senza il francobollo: quindi la mamma non l'aveva mai spedita! Non poteva lasciarsi sfuggire questa occasione: gli avrebbe scritto lui stesso immediatamente, per informarlo della sua esistenza.

L'indomani, di buon mattino, invece di andare a scuola si diresse verso l'ufficio postale.

Era una giornata gelida, il freddo gli penetrava fin dentro le ossa. Dopo quasi due ore di cammino, all'improvviso gli si parò innanzi il grigio edificio dell'ufficio postale. Sembrava chiuso ma, avvicinandosi, si accorse che la porta era accostata. Attese alcuni minuti e finalmente un buffo ometto, sbucato da una botola nel pavimento, si fece avanti. Assomigliava più a un elfo che a un uomo. Mizuar gli consegnò la lettera, che questi dapprima ispezionò, come se dovesse nascondere qualcosa al suo interno, e poi ne controllò l'indirizzo.

Per il signor Aschemius
presso la Capanna della Spiaggia Rosa
Mare del Sud – Terre Abbandonate

'Strano! È da molto tempo che non consegniamo da quelle parti' mormorò con una vocina stridula, fissando il bambino con due occhietti acuti e sottili come spilli.

Mizuar si voltò per ringraziare, ma l'ometto era di nuovo scomparso.

Tornato a casa, avvertì una sensazione nuova: era felice! Presto avrebbe incontrato il nonno. Ma si sa: i sogni necessitano di fiducia, determinazione e impegno per realizzarsi e Mizuar credeva fermamente nel suo sogno. Così ogni mese si recò presso l'ufficio postale con la speranza di trovare un messaggio da parte del nonno. Nulla però accadde per molto, moltissimo tempo. Solo dopo due lunghissimi anni, proprio nel giorno del suo undicesimo compleanno, si udì bussare alla porta. Il bambino pensò che si trattasse della solita vecchia signora che faceva visita alla zia. Appena aprì la porta, rimase senza parole.

'Caro, carissimo nipote, che gioia incontrarti finalmente! Sono tuo nonno, Aschemius!' disse una voce profonda e gentile.

Era un uomo alto e robusto, con le spalle incurvate, i capelli bianchi, e indossava un pesante cappotto sotto il quale si intravedevano abiti scoloriti dal tempo e dal sole. Quando lo tolse, una volta entrato, Mizuar notò la pelle delle sua braccia: era cosparsa di cicatrici. Parevano disegni.

'Assomigli così tanto a tua madre, gli stessi suoi occhi neri e profondi, la pelle chiara e i capelli ribelli...' disse, stringendolo d'istinto in un abbraccio.

In quel momento, la zia si materializzò accanto a loro come un avvoltoio. Indicò ad Aschemius di seguirla nella cucina e chiuse la porta, sbattendola con forza. Di lì a poco, Mizuar la sentì urlare e discutere.

'Chi ti ha permesso di venire qui? Non ti voglio più vedere, e lo sai bene. Il ragazzo è con me, così è stato deciso. Se tieni a lui, vattene ora!'

Il nonno taceva, o parlava a voce talmente bassa che lui non riuscì a sentirlo.

Quando tornò nell'ingresso, dove Mizuar attendeva, sembrava profondamente turbato. Lo abbracciò con calore e si sedette su una sedia invitandolo a fare lo stesso.

'Mizuar caro, non mi posso fermare, purtroppo. Devo tornare immediatamente al mio lavoro: mi prendo cura di alcuni fiori marini, i Coralfloris, che stanno scomparendo. Forse, se agisco in tempo, potrò salvarli dall'estinzione. Sono fiori speciali e questa è la mia missione, come quella della nostra famiglia, da generazioni. Devo almeno tentare'.

Sentirono un fruscio alle spalle che li fece voltare. Sembrava lo strisciare di un serpente. Era forse la zia che li stava spiando? Il nonno quindi proseguì a voce più bassa, continuando a guardarsi intorno, a disagio. A un certo punto si interruppe. Qualcosa nella stanza aveva calamitato la sua attenzione. Puntò il dito verso un vecchio orologio a pendolo.

'Da quanto tempo è qui?' chiese sorpreso.

'Da sempre, credo. Ma non ha mai funzionato. La zia ci ha provato con centinaia di chiavi. Perché me lo chiedi?' rispose il bambino.

'Ne avevo anch'io uno simile, ma mi è stato rubato undici anni fa... È un orologio antico e molto, molto prezioso... Una somiglianza davvero incredibile!' osservò il nonno avvicinandosi e, con delicatezza, ne aprì lo sportello.

Ispezionò per un attimo il quadrante e poi estrasse una chiave dalla sua tasca destra. La infilò nell'orologio, poi la ruotò leggermente come per caricarlo, e subito dal quadrante si diffuse una luce rosa. Il nonno quindi ripeté lo stesso movimento al contrario, e tutto si spense.

'Come immaginavo!' mormorò.

‘Ma... Hai tu la chiave?’ chiese Mizuar sbalordito. ‘Allora è il tuo?’

‘Zitto!’ gli intimò il nonno, voltandosi verso di lui e mettendogli un dito sulle labbra. ‘Questo non è il momento’.

Subito dopo, era di nuovo seduto accanto al bambino.

‘Ascoltami. Vorrei tanto portarti con me, ma ormai è impossibile. Non te ne posso spiegare le ragioni, adesso. Prima di andarmene però, vorrei affidarti qualcosa di molto prezioso’ disse estraendo da una borsa un libro bellissimo. Era elegantemente rilegato in pelle e alcune pietre rare lo decoravano. Mizuar rimase senza parole.

‘Si tratta di un libro molto speciale, che la nostra famiglia si tramanda da generazioni, e che ora dono a te. Avrei dovuto consegnarlo a tua madre; purtroppo non ho avuto il tempo di farlo. Tu sei molto giovane, non hai ancora l’età per essere formato, ma non avrò altra occasione che questa. Contiene molti segreti, dovrai scoprirli da solo!’

In quel preciso istante la zia irruppe nella stanza, minacciosa. Al suo ingresso, il nonno nascose rapidamente il libro dentro una borsa. Lei lo scrutò con sospetto, mentre la sua voce tagliente come una lama gli intimava: ‘Avevamo concordato mezz’ora. Come ti ho detto prima in cucina, non sei il benvenuto qui. L’accordo era che portassi l’Astralux che hai preso ad Azurim, e non l’hai fatto. Quindi, ora vattene e non farti mai più rivedere, fino a quando non ci restituirai ciò che è nostro!’.

‘Armiza, voi volevate sottrarglielo e lui invece ha deciso di consegnarlo a me. Azurim era mio fratello e, quando mi ha convocato in punto di morte, mi ha supplicato di tenerlo e di impedirvi di seguire una direzione dalla quale non sareste più potuti tornare indietro!'

'Quel vecchio non aveva capito nulla, e mio cugino era comunque il suo erede. Quel che è certo è che non appartiene a te!'

'Invece ti sbagli! Lasciami spiegare una volta ancora...'

'Taci! Tu menti, e lo sai! Vattene ora, non farmelo ripetere!' Detto ciò, lo scortò fino alla porta.

Aschemius, senza aggiungere altro, si avvicinò a Mizuar per abbracciarlo un'ultima volta prima di lasciarlo. Con un gesto rapidissimo, gli infilò il libro sotto la blusa.

'Ricorda di tenerlo sempre con te, mi raccomando, e soprattutto non mostrarlo a nessuno!' gli sussurrò con un bacio, lanciando un'occhiata alla zia come per accertarsi che non si fosse accorta di niente. Poi uscì e si allontanò nel buio della notte diffondendo speranza come una stella cometa».

La nonna smise un momento di parlare per schiarirsi la voce, poi diede una rapida occhiata all'orologio, si mise una coperta sulle gambe dato che il fuoco si era spento, e riprese il racconto con il suo tono pacato.

«Quindi, appena fu solo nella sua stanza, Mizuar chiuse a chiave la porta, serrò per bene le finestre e iniziò a esaminare il prezioso regalo lasciatogli dal nonno. Si capiva che era un libro antichissimo, ma fu la copertina ad attrarre maggiormente la sua attenzione. Tre bellissimi fiori la abbellivano, a incorniciare un'incisione consumata dal tempo, ormai quasi illeggibile:

T... Fl... S...

Erano le uniche lettere rimaste visibili.

Si spostò verso la luce della lampada per poterlo guardare meglio e, in quel momento, un piccolo foglio scivolò fuori e cadde ai suoi piedi.

Caro Mizuar, abbine cura!
Se presterai attenzione, troverai nel libro tutto ciò
che devi sapere.
Con profondo affetto,
Tuo nonno Aschemius.

Strinse il foglio al petto e lo infilò di nuovo all'interno del libro. "Chissà se lo rivedrò" pensò, sedendosi sul letto e iniziando a leggerlo. Era come se avesse spalancato una finestra affacciata su una strada affollata: sembrava che il libro fosse vivo e animato. Narrava di uomini molto saggi e di luoghi meravigliosi. E poi di alcuni fiori misteriosi con poteri incredibili. Da allora dedicò al libro ogni notte. Di quando in quando, sfogliandolo, una pagina gli sembrava scritta con una calligrafia differente, o in un colore diverso, mentre una storia era leggermente più dettagliata. Altre volte, poi, era come se il numero delle pagine si moltiplicasse e il libro diventasse più voluminoso e pesante, ma subito si convinceva di essersi lasciato prendere dalla fantasia e di volervi trovare per forza qualcosa di strano. Doveva arrendersi al fatto che, tutto sommato, si trattava solo di un libro, come tanti altri.

Finché, durante una notte di luna piena, qualcosa di assolutamente incredibile accadde. Quando, come faceva ogni sera, si sedette sul letto e aprì il libro, vide che il testo della prima pagina era completamente svanito, lasciando al suo posto un foglio immacolato. Un impulso istintivo lo fece avvicinare alla finestra e scostare le tende. Sollevò quindi il libro aperto verso il chiarore che proveniva dall'esterno. Non appena venne colpita dalla luce della luna, quella pagina iniziò rapidamente a cambiare, come se una mano invisibile vi stesse scrivendo un messaggio con un bell'inchiostro verde smeraldo:

Mio caro Mizuar,
è necessario che impari i segreti dei Coralfloris.
Forse ho ancora abbastanza tempo per istruirti.
Vieni da me, prima che sia troppo tardi.
So chi ti può aiutare: vive nel bosco e conosce il segreto dei sogni.
Si chiama Azimur. Vai subito da lui, ti condurrà da me.
Fai presto, non ho più tempo.
Tuo nonno Aschemius.

Poi, in un attimo, quelle parole indirizzate a lui sparirono e la pagina con cui iniziava il racconto riprese il suo consueto posto.

"Un messaggio da parte del nonno!" pensò sorpreso. "Allora forse lo rivedrò!"

Si ripromise quindi di trovare Azimur.

Rimase in attesa che la zia si ritirasse in camera sua. Quando udì il familiare rumore di chiavi e lucchetti, nascose il libro con cura sotto il cappotto e scese pian piano le scale senza fare rumore dirigendosi verso il bosco.

Fissava il buio con i suoi occhi neri, come per sfidarlo. Non aveva paura. Ma quando all'improvviso vide una figura avanzare verso di lui, un brivido ghiacciato gli percorse la schiena. Un uomo, coperto da un lungo mantello nero, il bavero rialzato a nascondergli il viso, un cappello appuntito come quelli dei maghi e due occhi acuti che si muovevano rapidi come scintille, lo stava fissando. Cercando di farsi coraggio, Mizuar gli domandò: 'Chi sei?'.

'Sono colui che stai cercando! Consegnami il libro che hai con te, e andrai da tuo nonno' rispose una voce cupa e minacciosa che sembrava provenire dal profondo della terra.

Quindi si trattava di Azimur! Si sentì a disagio: se fosse stato un tranello? Decise di temporeggiare.

'Come sai che ti sto cercando, e perché vuoi il mio libro?' gli chiese.

'Non sei certo tu che puoi fare domande, marmocchio! È semplice: mi dai il libro e vedrai tuo nonno. Non è forse questo il tuo sogno? Devi decidere ora, non ho tempo da perdere io!' sbottò iroso.

'D'accordo!' convenne Mizuar, e gli porse il libro. Non aveva alternative. 'Ora sta a te realizzare il mio sogno'.

Il mago allora estrasse una lunga bacchetta dal proprio mantello e cominciò a sussurrare strane parole: '*Ashir ashfar aiiis...*'.

In un istante, il bambino si ritrovò su una spiaggia, piccola e bianca. Alcune mangrovie si estendevano fino al mare e, in mezzo a esse, tra la sabbia e l'acqua turchese, spiccava un meraviglioso fiore...

Si sentiva inquieto perché tutt'intorno non vedeva nessuno. Quasi all'improvviso, udì una voce chiamarlo dal mare. Era proprio la voce che sperava di sentire! Si tuffò tra miriadi di pesci variopinti e vide bellissime creature nuotare intorno a lui. Aveva letto di loro nel libro regalatogli dal nonno. Si chiamavano Marinis. Simili a sirene, con il corpo ricoperto da squame, sembravano forti come tori. Vide alcuni di loro camminare fuori dall'acqua. Le loro pinne, al contatto con la sabbia, si trasformavano in gambe. Poi finalmente rivide il nonno, che nuotava verso di lui come uno di loro. Quando gli si avvicinò, si accorse che era molto agitato, come se scappasse da qualcosa. Due Marinis gli nuotavano attorno come se lo scortassero. Aschemius stringeva saldamente nelle mani una pietra che emanava una luce rosa e un piccolo seme e li porse al nipote in tutta fretta.

'Prendili ora Mizuar, e portali con te, non c'è più tempo...'

Il bambino allora allungò una mano per afferrarli, ma una di quelle creature si frappose tra loro urlando: 'Fermo! Non te lo consentiremo, tu conosci le regole! Solo il custode dei Coralfloris può ricevere il seme e proteggere l'Astralux. Il ragazzo non è ancora formato per questo, non è in grado di prendere il tuo posto. Questa è la legge, occorre rispettarla!'.

Improvvisamente, Mizuar si sentì strattonare indietro da qualcuno. Udì un forte rumore, seguito da un ghigno feroce a lui familiare, e una voce sibilare: 'Basta così, ragazzino. Ora si torna a casa!'.

In un attimo fu di nuovo catapultato nella sua stanza, dove si ritrovò pietrificato nel letto, con lo sguardo vuoto, fisso al soffitto. Istintivamente cercò il suo libro, ma si ricordò di averlo barattato con quel mago per rivedere suo nonno. A cosa serviva veramente? Comprese che quel messaggio indirizzato a lui non era stato scritto dal nonno: era caduto in una trappola! Si sentiva uno sciocco.

Nei giorni seguenti, recandosi in paese, venne a sapere che molte persone del villaggio trascorrevano notti sconsolate senza riuscire a sognare. Che fosse stato lui il responsabile? Avvertiva un forte rimorso e cominciava a temere che quello che era accaduto fosse ben più grave di ciò che pensava.

Dal canto suo, la zia invece era irriconoscibile, come se si fosse liberata di un peso. Lo guardava e ridacchiava tra sé, assentandosi da casa per molte ore senza dare spiegazioni. Dove andava? Aveva la sensazione che ci fosse qualche legame tra lei e Azimur. Ma certo non avrebbe mai potuto chiederle spiegazioni. Quindi gli restava solo una cosa da fare: trovare quel perfido mago e affrontarlo. Sarebbe andato fino alla sua capanna, se fosse stato necessario: i sogni dovevano essere salvati a tutti i costi!».

In quel momento, la pendola in fondo alle scale batté la mezzanotte. La nonna si scosse come se fosse stata strattonata. Rivolgendosi ai bambini e guardando di nuovo l'orologio che portava al polso, disse: «Perbacco, è già mezzanotte, il tempo è volato! Non riesco a finire la storia, bambini. Di certo domani mattina non partiremo e, per questo, ne ho approfittato per fissare una visita dal dottore in paese, e voi verrete con me. Ho già parlato con il professor Flautoni che vi attende alle nove in punto: mi aspetterete da lui fino a che non ho finito. La macchina è bloccata sotto la neve per cui andremo a piedi, e occorre partire da qui alle otto».

A quelle parole i bambini fecero una faccia disgustata. Ginny non voleva rassegnarsi senza almeno fare un tentativo: «Nonna per favore, ancora quelle noiosissime lezioni di solfeggio che non servono a nulla! Almeno ci facesse suonare qualche strumento... Tiene tutto chiuso a chiave e non sono nemmeno certa che sia in grado di suonare, se vuoi proprio saperlo! Glielo abbiamo chiesto un sacco di volte e lui ha sempre tergiversato. Ma perché invece non chiedi a Catrine di venire qui per stare con noi? Rimarremo a casa ad aspettarti e a fare i compiti!» esplose. Davvero odiava quelle lezioni interminabili.

La faccia della nonna mutò. Sembrava avesse mangiato un limone e la redarguì in tono seccato: «Il professor Flautoni è un virtuoso della musica riconosciuto a livello mondiale, oltre che un artigiano eccezionale. Vi ho raccontato, credo, che vostro nonno aveva creato un laboratorio di strumenti musicali raffinatissimi e lo aveva preso a lavorare con sé quando era ancora molto giovane. Purtroppo, quando è scomparso, non aveva ancora fatto in tempo a trasmettergli tutto il suo sapere e la sua esperienza, e per questo ha dovuto cessare l'attività. Il nonno mi ha lasciato i suoi strumenti più preziosi, ne produceva talmente tanti... che uomo eccezionale!» disse asciugandosi una lacrima, per poi riprendere il tono stizzito di prima. «Molti di questi strumenti li conserva ancora il professore e li tiene con estrema cura, ma certo tu capirai che non li può fare usare a chiunque... Quindi per favore quando parli di lui usa un po' più di rispetto, signorina!»

Leo, che davvero odiava fare arrabbiare la nonna, cercò di distrarla. Era diventata rossa come un peperone e tamburellava nervosamente le dita della mano sul comodino.

«Ma su, nonna... Sai com'è Ginny! Non vuole mai interrompere le storie e tu ci hai lasciato proprio sul più bello...» disse sfoderando il suo sorriso più accattivante.

«Sempre in soccorso di tua sorella, tu! A ogni modo il tempo non l'ho creato io, e se dico che è tardi, significa che è tardi! Ora dormite e fate i bravi, altrimenti domani sera non vi racconto il resto, intesi? Buonanotte!» esclamò secca, affrettandosi verso la porta che chiuse con una certa energia. Sembrava davvero che avesse qualcosa da sbrigare e che fosse di fretta.

Appena fu uscita, Ginny si lamentò: «Nervosetta la nonna, eh? Era così tranquilla e poi, d'un tratto, appena la pendola ha suonato, si è spazientita solo perché ho detto che le lezioni sono noiose... Ho deciso Leo: domani mattina vado da lei e le chiedo cosa c'è che non va!» sbuffò alzandosi e camminando su e giù. Leo la guardava con un sorriso, scuotendo la testa.

«Secondo me è meglio di no...» sussurrò con tono pacato.

Lei fece finta di ignorarlo e continuò il lamento, cambiando discorso: «È un'ingiustizia iniziare un racconto del genere senza concluderlo! Speravo proprio di riuscire a dormire almeno una notte senza incubi e invece ne avrò di ben peggiori!».

«Dai Ginny, proviamoci almeno!» sbadigliò lui, rassegnato.

I due quindi si rigirarono per un bel po' nei loro letti e poi caddero in un sonno che, come temevano, si rivelò molto agitato.

CAPITOLO 5

Il mago della musica

La mattina seguente, la voce della nonna dal fondo delle scale li svegliò come una doccia ghiacciata. «Bambini vestitevi velocemente e venite subito a fare colazione. Siamo in ritardo, ci aspettano!»

Dopo qualche minuto erano già seduti a tavola. La nonna aveva preparato per colazione biscotti fatti in casa e una tazza di cioccolata calda fumante. Una delizia che strappò a entrambi un enorme sorriso, che si spense però in un istante appena incontrarono lo sguardo della nonna, visibilmente irritato. Gli occhi arrossati dal sonno, l'aspetto trasandato, si vedeva che non aveva riposato bene.

«Cosa sono quelle facce pallide? Non avete dormito a sufficienza, ve l'avevo detto! Questo pomeriggio non voglio sentire storie: tornati a casa farete un po' di compiti, poi mi darete una mano a riordinare perché domani partiamo e voglio sistemare tutto per il meglio. E, soprattutto, si va a letto presto!»

I bambini stavano in effetti pensando la stessa cosa di lei. I capelli acconciati in tutta fretta lasciavano cadere qualche ciuffo qua e là e gli occhi erano circondati da due profonde occhiaie: si capiva che non aveva dormito affatto.

«Prendo le scarpe e usciamo!» disse dirigendosi verso la sua camera.

«A me sembra più stanca di noi, a dire il vero!» sbottò Ginny.

«Per favore smettila di recriminare, va a finire che facciamo davvero irritare la nonna. Se non ha dormito, non sono affari tuoi!»

«Lo dici tu! Certo che sono affari miei, eccome! Secondo me ieri sera è uscita perché ho visto che aveva lasciato le scarpe vicino alla porta!»

«Non potrebbe invece averle semplicemente spostate e rimesse nell'armadio?» replicò Leo, esasperato.

Per fortuna la nonna era già tornata, togliendo loro la possibilità di continuare il battibecco. Era vestita di tutto punto, con tanto di cappello che le nascondeva in parte i capelli ora leggermente riordinati.

«Pronti?» chiese.

«Pronti!» esclamarono i due in coro, infilandosi veloci il cappotto.

Come preannunciato, la nonna li lasciò dal professor Flautoni, ignorando le loro lamentele.

La mattinata si svolse però meglio di quanto pensassero. Ginny, che non voleva sorbirsi tre ore di interminabili solfeggi, aveva intavolato una conversazione sul nonno. L'argomento piacque tanto al professore che, per tutto il tempo della lezione, non smise di parlare di lui e dei meravigliosi strumenti che realizzava.

Quando poi, per la prima volta, mostrò loro alcuni degli strumenti speciali che custodiva gelosamente, pensarono che fosse impazzito o che qualcosa lo avesse colpito in testa.

Non appena la nonna li venne a riprendere, fu molto sorpresa nel constatare che erano entrambi entusiasti della lezione, e tutt'altro che felici di seguirla a casa.

Strada facendo, la bombardarono con una raffica di domande sul lavoro svolto dal nonno e su uno strumento in particolare che aveva colpito la loro attenzione: quello che il professore aveva decantato come una straordinaria invenzione del nonno, ma che non aveva lasciato loro nemmeno sfiorare.

«In effetti, è sempre stato un mago della musica...» rispose lei.

«Un mago? Davvero?» chiese Leo che sperava di scoprire qualche storia misteriosa sul suo conto.

Lei tagliò corto: «È un modo di dire, caro!». Ma il suo tono non risultò poi così convincente.

Arrivati a casa, come d'accordo si sistemarono subito in soggiorno e trascorsero il resto della giornata a fare i loro compiti, poi aiutarono a riordinare e cenarono molto presto.

«Nonna, hai visto? Siamo stati proprio bravi oggi! Ci racconterai il resto della storia questa sera, vero?» chiese Ginny con quel suo sorriso irresistibile, abbracciandola.

«D'accordo cara. Intanto andate a mettervi il pigiama e a lavarvi i denti; io sarò da voi fra dieci minuti».

Come promesso li raggiunse in camera poco dopo, trovandoli pronti e in trepidante attesa nei loro letti. Si accomodò sulla poltrona, cercando di ricordare dove avesse interrotto il racconto.

«Se non sbaglio, ero rimasta a quando Mizuar decide di salvare i sogni che il mago Azimur aveva rubato... Quindi, ecco il resto della storia!» disse e, inforcati i soliti occhialini, ricominciò.

«Dunque... Mizuar, presa la decisione di rintracciare il perfido Azimur, quella stessa sera attese che la luna si alzasse alta nel cielo così da illuminare il percorso, e si diresse verso la foresta ghiacciata. Dopo aver camminato a lungo vide una sottile scia di fumo uscire dal comignolo di una casetta. Giunto alla porta, bussò forte.

'Sono io, mago malefico, fammi entrare! Sono venuto a riprendere ciò che hai rubato. Esci ora, non ho paura di te!'

La porta si aprì emettendo un suono sinistro, lui entrò ma sembrava che non ci fosse nessuno all'interno. Il mago apparve all'improvviso, alle sue spalle, avvolto nel suo lungo mantello nero.

'Io non ho rubato nulla, piccolo scarafaggio. Sei venuto di tua spontanea volontà e ho fatto ciò che mi hai chiesto, ricordi?'

'Il patto era che avrei rivisto mio nonno, ma non ho avuto nemmeno il tempo di parlargli che qualcosa mi ha trascinato via da lui. Sei stato tu, ne sono certo! Ho riconosciuto la tua voce. E cos'altro hai fatto con il mio libro? Sembra che tu sia riuscito a distruggere i sogni di tutte le persone del villaggio!' urlò Mizuar, furioso.

'Il nostro accordo è stato rispettato, hai rivisto tuo nonno. Per il resto, ciò che faccio con quello che ora è mio non ti riguarda!' replicò Azimur, sventolando il libro con la mano ed emettendo un ghigno feroce. 'Pensi proprio di essere un bambino molto coraggioso, ma io odio chi cerca di distruggere i miei piani! Ti avverto, ficcanaso che non sei altro, ti darò una bella lezione se non ti togli di mezzo immediatamente!' latrò come un cane rabbioso.

Mizuar però sapeva il fatto suo. Entrando, aveva notato un armadio su cui era posto un cartello con la scritta:

SOGNI ABBANDONATI
NON APRIRE

Senza dare al mago il tempo di agire, si diresse svelto verso l'armadio e lo spalancò. Davanti ai suoi occhi apparve così uno spettacolo meraviglioso: sfere di luce colorata illuminavano la stanza e sembrava cercassero una via d'uscita. Mizuar poteva sentire la loro forza vitale e la loro energia che fluttuava nell'aria. Non appena il bambino spalancò la porta, uscirono tutte fuori, veloci.

'Maledetto bambino! Ho impiegato anni per intrappolare questi sogni, rubandoli agli sciocchi come te. E adesso, per colpa tua stanno fuggendo!' ruggì mentre cercava di bloccare le sfere, agitando concitato le braccia. 'Perderò la mia energia se non le fermo subito!'

Nello stesso istante estrasse una lunga bacchetta dalla sua manica, iniziò a pronunciare parole incomprensibili e una piccola bolla nera spuntò dall'armadio fluttuando nell'aria. Sembrava minacciare le altre. Il bambino reagì veloce e si lanciò in quella direzione per chiudere rapidamente le due ante, che bloccò mettendovi una sedia davanti.

Il mago cercò invano di raggiungere la porta ma Mizuar lo afferrò per il braccio, strattonandolo. Poi, tutto accadde in un batter d'occhio. Azimur divincolandosi cadde sul pavimento e, con lui, il libro. Allungò la mano per agguantarlo prima che toccasse terra e riuscì a riappropriarsene nel preciso istante in cui si aprì e ne scaturì un lieve bagliore, che lo avvolse tutto. Il mago, colpito da quella luce, iniziò rapidamente a rimpicciolirsi continuando a inveire e stringendo nella mano il volume, ormai ridotto anch'esso alle dimensioni di una formica. In poco tempo era diventato così piccolo da poter comodamente entrare in una bottiglia. Proprio in mezzo al tavolo, il ragazzino ne vide una vuota. Senza esitazione, afferrò allora il mago per il colletto e lo infilò dentro mentre continuava imperterrito a sbraitare.

'Ricorda, non è finita qui ragazzino! Te la farò pagare cara!'

Mizuar si assicurò di aver chiuso bene il tappo, appoggiò la bottiglia sul tavolo, lasciando il mago dentro a gridare e agitarsi. Le sue minacce, intrappolate lì, non si udivano più.

'Ora sei sistemato! È giunto il momento che io torni a casa mia, e questa notte tutti potranno fare di nuovo tanti bei sogni!'

Serrò con attenzione la porta alle sue spalle e alzò lo sguardo al cielo nevoso. Era tutto illuminato, sembrava la notte di Natale. I sogni si libravano in alto verso la luna, così luminosa come non era stata da tempo».

La nonna interruppe il racconto, si schiarì la voce e rimase per alcuni istanti come assorta in qualche pensiero. Bevve un sorso d'acqua. Poi ritrovò il suo sguardo dolce, con cui osservò i nipoti che attendevano ansiosi che proseguisse.

«E poi, nonna?» chiese Ginny,

«Che cosa succede ora a Mizuar?» aggiunse Leo.

«Ecco bambini, questa è proprio la mia parte preferita: Mizuar si accorse che nel cielo una creatura luccicante come l'oro cercava di aiutare i sogni a librarsi leggeri, infondendo loro coraggio. La vide avvicinarsi a lui e la sua luce quasi lo abbagliò.

'Eccomi, Mizuar! Mi hai chiamato e sono venuto!' disse.

Due occhi color del cielo lo fissavano gentili. Il suo corpo luminoso assomigliava in parte a un dinosauro e in parte a un unicorno. Sul dorso, due piccole ali gli consentivano di volare e, sulla fronte, un lungo corno leggermente arcuato sprigionava una sottile polvere di stelle.

'Io non so chi sei, come posso averti chiamato?' chiese con sorpresa il bambino.

'Sono Dynowish, non importa che tu mi conosca. Io so bene chi sei e volo sempre in aiuto di chi ha fede nei sogni. Hai avuto coraggio e non ti sei fermato di fronte a nulla, riuscendo così a liberare i sogni. Ogni volta che avrai bisogno di me, potrai chiamarmi. Ecco che ora ti rivelo parole che mai dovrai dimenticare. Se le ripeterai con fiducia, ti aiuteranno sempre nei momenti di difficoltà' disse, e con un sorriso radioso le pronunciò.

'Se nei sogni fede avrai, sempre li realizzerai!'

Poi, dal suo corno magico uscì una polvere dorata che avvolse completamente il bambino e lo sollevò su in alto, nel cielo, insieme ai sogni. Con un sospiro di gioia, Mizuar tornò in volo a casa.

Al suo arrivo, trovò la porta spalancata. Si accorse immediatamente che nell'ingresso mancava l'orologio a pendolo. Al suo posto rimaneva solo un grande segno scuro sul pavimento.

Chiamò e richiamò la zia, spingendosi fino al corridoio che portava alla sua camera da letto. La porta, solitamente chiusa da mille lucchetti, era ora spalancata. Non resistette alla tentazione di entrare. Sperava di trovare qualcosa, ma fu deluso. La stanza era quasi del tutto vuota. Sul pavimento si notavano alcune strane impronte verdognole, che si dirigevano verso la finestra spalancata, visibilmente forzata dall'esterno. Un odore nauseante impregnava l'aria. Scorse poi sul pavimento una piccola scatola aperta. Era di legno finemente intagliato e con l'interno foderato di un bel velluto rosso. Custodiva di certo qualcosa che ora era stato rimosso. La prese tra le mani e la ispezionò. Notò tracce di inchiostro, che avevano macchiato il tessuto di un colore più scuro di quelle sul pavimento. Vi lesse solo poche lettere:

T... Fl... S...

Pensò che erano le stesse iniziali riportate nel suo libro. Non poteva trattarsi di una mera coincidenza. Prese quindi con sé la scatola e lasciò in fretta la stanza. La zia sarebbe potuta tornare e di certo avrebbe incolpato lui!

Salì di corsa in camera sua, si infilò a letto e si addormentò.

Quella notte fu però molto agitata. Rivide quel perfido mago che diventava sempre più forte, così potente da mettere ancora in pericolo i sogni. Scorse una lunga ombra nera allungarsi verso di lui. Poi sentì un urlo, come una richiesta di aiuto, provenire dal bosco. Si svegliò tutto sudato, andò alla finestra, e gli sembrò di vedere una figura muoversi tra gli alberi, ma in un attimo svanì. Per rincuorarsi, pensò fosse stato il sibilo del vento o qualche animale selvatico. Ma subito dopo udì nuovamente lo stesso grido. Forse era qualcuno che lo chiamava in lontananza?»

Ma questa è un'altra storia, bambini! Ve la racconterò un altro giorno».

«Nonna... Così non è giusto! Anche questa sera? Non è tardi...» obiettò Ginny. «Meglio allora non raccontarci niente! Cosa aveva visto tra gli alberi? Chi gridava aiuto? Voglio sapere dov'era finita la zia! Mizuar ritrova il libro e suo nonno?»

La nonna, guardando nuovamente l'orologio, ignorò le sue proteste.

«Occorre dormire adesso, cara. Io sono molto stanca, e poi ve lo avevo detto questa mattina che sareste dovuti andare a letto presto! Speriamo di poter partire domani, altrimenti i vostri genitori potrebbero prendersela con me... Buonanotte tesori!»

Senza dare ai bambini il tempo di replicare, chiuse la porta e si avviò giù lungo le scale.

CAPITOLO 6

Una lettera a colazione

Il giorno seguente, alle prime luci del mattino, Ginny si svegliò di soprassalto. La notte precedente era crollata velocemente in un sonno così profondo che si era dimenticata di tornare in soffitta a cercare il libro di Dynowish. Corse agitata verso il letto di suo fratello per svegliarlo, ma si dovette prodigare per un po' prima di riuscirci. Finalmente lui aprì un occhio.

«Ma cosa vuoi ancora da me? Non vedi che è notte fonda? Lasciami in pace!» disse, e si girò dall'altra parte, abbracciando il cuscino.

«Leo, è già l'alba. Il racconto della nonna mi ha fatto scordare che dovevamo andare a riordinare di sopra e a cercare il libro. Ero troppo stanca e mi sono addormentata. Anche se dovessimo rimandare ancora la partenza, la nonna ci terrà d'occhio. Hai visto l'altra sera? Nonostante fosse stanchissima, è salita fin davanti alla porta, come se volesse assicurarsi che fossimo in camera nostra... Dobbiamo subito andare a mettere a posto i libri e trovare quello di Dynowish!»

«Un attimo! Che furia hai...» e sbadigliò.

Lei gli gettò sulla faccia la vestaglia. Leo la indossò di malavoglia e poi, borbottando fra sé, si mise le pantofole al contrario, si alzò strisciando i piedi e iniziò a seguirla con gli occhi semichiusi.

«Silenzio! Dobbiamo fare piano!»

«D'accordo, ma tu smettila di dare ordini, chiaro?» rispose lui con un enorme sbadiglio.

«Non capisco come tu possa dormire in un momento come questo! Forza, andiamo!»

«Non dormo, sono solo un po' stanco, ecco tutto signorina perfettina!» ribatté Leo, scontroso.

«Non mi pare questo il momento di discutere...» lo riprese Ginny.

«E lo dici a me?»

Ma Leo fece spallucce. Era meglio lasciar correre, tanto voleva sempre averla vinta lei!

Giunti alla soffitta, si accorsero che la porta non era chiusa, ma semplicemente accostata.

«Ginny, mi ricordo che l'avevi chiusa per bene!»

«Sì, ne sono assolutamente certa!»

«Che ci sia la nonna dentro? Non sento alcun rumore! Magari per questo si aggirava per la casa di notte. Forse era andata a controllare? Non voglio nemmeno pensarci! Se si è accorta di quello che abbiamo combinato, siamo fritti!»

«Entriamo?»

«Entriamo!»

La soffitta era in perfetto ordine. I libri ben disposti sugli scaffali. Sembrava non vi entrasse nessuno da tempo.

«Comincio a sentirmi a disagio, Leo!» ammise Ginny.

«A chi lo dici! Secondo me dovremmo correre dalla nonna e raccontarle tutto per filo e per segno! Se le diciamo la verità, magari ci perdona prima...»

«Non penso proprio che sia una buona idea, te l'ho già spiegato! Ti rendi conto che abbiamo fatto tutto il contrario di ciò che ci aveva raccomandato? È nevicato per tutta la notte, quindi sono abbastanza sicura che saremo costretti a rimandare ancora il viaggio. Farla arrabbiare proprio ora non mi pare davvero una bella idea! Sarà meglio uscire da qui prima che se ne accorga!»

«Ma... Senza il libro?»

«Senza il libro. Ritorneremo eventualmente domani notte, sperando che non ci chiuda in camera a chiave! Se si fosse accorta di qualcosa, potrebbe anche farlo. Ora è tempo di andare!» affermò lei dirigendosi verso la porta.

Prima di uscire, si accertarono di lasciare le cose esattamente come le avevano trovate. Sgattaiolarono fuori come topi, dirigendosi verso la loro stanza dove, in pochi minuti, entrambi si riaddormentarono.

⚜ ⚜ ⚜

Furono svegliati dal tonfo sordo di una palla di neve che colpiva un vetro della finestra.

In giardino c'erano due bellissime bambine che li stavano chiamando.

«Ginny, Leo! Cosa ci fate ancora a letto? Venite subito giù! È una giornata meravigliosa. Andiamo a fare un bel pupazzo e a pattinare sul lago?» urlò eccitata la più grande, sfoderando un sorriso fatto di neve.

«Maryam, Reem, siete voi?» domandò Ginny nel mezzo di uno sbadiglio, affacciandosi fuori. «Avete ragione, abbiamo dormito un po' più del solito. Ma dateci un attimo, facciamo colazione e siamo da voi!» concluse, stirando le braccia e aggiustandosi il pigiama stropicciato dal sonno.

«D'accordo, dormiglioni!» risposero le due sorelle in coro, scuotendo i loro ricci corvini che il sole tingeva di riflessi bluastri. Avevano dieci e otto anni e, come Ginny e Leo, sin da piccole trascorrevano parte delle vacanze invernali ed estive dai nonni. Una profonda amicizia li legava, e insieme avevano conosciuto altri bambini che abitavano lì vicino: formavano un gruppo inseparabile.

«Noi intanto ci avviamo da Zaina e Amir! Haya e Suheil ci raggiungeranno più tardi, questa mattina sono impegnati con i loro cugini. Vi aspettiamo al lago!» gridarono, incamminandosi verso il bosco.

Ginny e Leo si vestirono veloci e scesero di corsa in cucina a fare colazione, ma li aspettava una strana sorpresa: la nonna non era a casa.

Al suo posto solo una lettera.

Buongiorno bambini,
questa mattina molto presto mi ha telefonato Marianna, che ha urgente bisogno di me.
Non ho voluto svegliarvi perché ho l'impressione che da qualche sera vi addormentiate troppo tardi!

Oggi i treni sono sospesi per i disagi causati dalla neve e dal forte gelo e le strade non sono ancora state liberate.
Ma non temete, sono certa che riusciremo ad arrivare a casa vostra in tempo per Natale!
Alle dieci in punto arriverà Catrine e vi preparerà il pranzo. Non andrà via fino al mio rientro a casa, nel tardo pomeriggio.
Fate i bravi!
Un abbraccio fortissimo.
La nonna

Ginny impugnava la lettera e continuava a leggerla. Si voltò verso Leo e gli lanciò un'occhiataccia: si era seduto a tavola e aveva tagliato una grossa fetta del suo dolce preferito.

«Leo, ma cosa fai? Ti rendi conto?» lo apostrofò, stizzita.

«Mangio, ho fame!» rispose lui, serafico.

«Ti sembra il momento? Non capisci che cosa sta accadendo? La nonna se n'è andata senza avvertirci! Sono sicura che non frequenta Marianna da almeno un anno, e adesso ne parla come se si vedessero ogni giorno. Ora che mi ricordo, la mamma ci aveva detto che era partita per il Canada. Quindi è una scusa bella e buona, te lo dico io! Abbiamo già capito che qualcosa la preoccupa, è evidente. E vuoi sapere una cosa? Ho la sensazione che il suo problema sia legato a Dynowish. Non ne ho le prove, lo so. In queste sere, mentre ci raccontava la storia, lo faceva in modo diverso dal solito. Sembrava preoccupata. E poi tutte quelle interruzioni... Qui c'è sotto qualcosa!» osservò Ginny, sfregandosi il mento.

«Credici o meno, ma stavo pensando la stessa cosa!» farfugliò Leo, mentre addentava un gigantesco pezzo di plum-cake alla banana. In effetti non aveva dato l'impressione di pensare ad altro se non alla torta, da quando l'aveva adocchiata.

«Ma falla finita, per favore! Pensi solo a mangiare, tu!» disse, tutto d'un fiato. Poi continuò, disgustata: «Accidenti Leo, stammi almeno lontano. L'odore di banana mi fa venire la nausea».

Lui si allontanò di un posto, borbottando e alzando gli occhi al cielo, e si sedette a capotavola. Ginny adorava i dolci, ma la banana era qualcosa che proprio non sopportava. Continuò comunque imperterrita.

«Mi piacerebbe andare a Clemenceau e verificare se davvero è da Marianna, se non fosse così lontano!»

Si alzò poi da tavola e si avvicinò alla finestra.

«Ehi, guarda! La macchina della nonna è ancora completamente seppellita sotto una montagna di neve. Quindi come ha fatto ad andare fin laggiù?» urlò Ginny, agitata.

Leo continuava a ignorarla, sopraffatto dallo sforzo di intingere la torta in un'enorme tazza di latte, senza fare il solito disastro. Aveva promesso alla nonna di non sporcare, un'impresa titanica per lui.

«Ma... Mi stai ascoltando?»

«Eh, certo, certo! Parlavi di una macchina... e della neve».

«La macchina della nonna è qui! Come diavolo ha fatto ad andare da Marianna?» chiese Ginny.

«Questa è una bella domanda!» rispose il fratello, fingendosi interessato.

«Ma perché mi ostino a parlare con te? Quando mangi ti trasformi in un orco famelico!» si lamentò lei, non ottenendo alcuna reazione.

Facendo spallucce si mise anche lei a mangiare, in silenzio. Di quando in quando borbottava tra sé qualcosa e scuoteva la testa.

In lontananza, si udivano urla di bambini che giocavano.

Leo intanto aveva finito e ripose il piatto e la tazza nel lavabo.

«Sono già tutti al lago!» disse quindi alzandosi e prendendo la giacca. «Io ho finito, ci vediamo lì!»

«Non puoi fare sul serio, vero? Ma ti rendi conto? Ci resta poco meno di un'ora per stare da soli in casa prima che Catrine arrivi. Li vuoi sprecare giocando a palle di neve, o magari ne approfittiamo e saliamo in soffitta a cercare il libro? Quando ci ricapita un'occasione come questa?» lo apostrofò Ginny, minacciosa.

«Ah, non ci avevo pensato!» si scusò subito Leo. «Certo, che sciocco, andiamo subito di sopra!»

Sgomberarono veloci il tavolo e si avviarono verso le scale.

Prima di cominciare a salire, Ginny si immobilizzò. Le sembrava che la pendola avesse cambiato nuovamente colore, tingendosi di un pallido rosa, e un lieve fruscio suggeriva che qualcosa si stesse muovendo al suo interno. Si avvicinò piano, come se si trattasse di una bestia feroce che doveva essere ammansita. La pendola la fissava immobile, o per lo meno così le sembrò. Provò ad aprire lo sportello, ma era bloccato.

«Lascia stare Ginny, abbiamo già abbastanza guai, ci manca di rompere la pendola ora. È antica e preziosa, non sarei in grado di aggiustarla!» protestò il fratello, strattonandola per un braccio.

Giunti di sopra, questa volta trovarono la porta chiusa.

«Ma allora la nonna ci va spesso in soffitta!» si insospettì Leo, guardandosi intorno.

«A meno che non sia stato il vento di questa notte!» suggerì Ginny, facendo leva vigorosamente sulla maniglia. «Il vento però non chiude le porte a chiave. È bloccata!»

«Fai provare me!» disse lui avvicinandosi. Tentò e ritentò con tutte le sue forze, ma non riuscì. «A mali estremi, estremi rimedi! Hai per caso con te uno dei tuoi mille uncinetti?» chiese Leo, estraendo nel frattempo da una delle tasche il suo inseparabile coltellino svizzero.

«No, ma corro a prenderlo. Ci metto un attimo!» rispose lei, mentre già scivolava leggera lungo dalle scale.

In uno schiocco di dita era già di ritorno.

«Eccolo, ma che cosa ci vuoi fare? Se rompi la porta, la nonna se ne accorgerà di certo!» lo ammonì Ginny ansiosa.

«Non ti preoccupare, sorellina. Lascia fare a me e stai a guardare!» si vantò lui.

Si mise a lavorare in silenzio. Dopo qualche minuto, la maniglia e tutta la serratura erano nelle sue mani.

«Leo, non ti sapevo così bravo! Quando hai imparato?»

«Beh, ecco... Mi do da fare. Aiuto sempre Jim nella sua officina e me la cavo ormai a fare vari lavoretti!» si compiacque, con falsa modestia.

«Sai anche rimetterla, vero?» lo incalzò lei, preoccupata.

«Positivo!» rispose lui alzando il pollice.

«Entriamo subito, non perdiamo minuti preziosi! Devi avere il tempo per rimontarla!»

La soffitta era avvolta nella penombra. La luce che filtrava dall'abbaino era insufficiente a illuminarla.

«Leo accendi la luce, tanto ora non c'è nessun altro in casa!»

Si avvicinarono alla libreria e iniziarono la ricerca. Del libro, nessuna traccia.

«Non credo sia qui!» sospirò lei.

Il fratello si era intanto immobilizzato e fissava il pavimento.

«Vedi queste piccole impronte di inchiostro, Ginny?»

«Sì, certo! Partono dal tavolo!»

«Si tratta proprio della boccetta di inchiostro verde di cui ti ho parlato. Guarda qui, qualcuno deve averla rovesciata. Ma a chi possono appartenere scarpe così piccole...» le fece notare Leo.

«Non ne ho proprio idea!» rispose lei.

Le seguirono con lo sguardo. Si accorsero che conducevano verso la libreria, e lì si fermavano.

«Che sia venuto qualcuno a rubare il libro?» chiese allora Ginny.

«Che cosa intendi dire?» rispose Leo che intanto si era abbassato, per osservarle più da vicino. «Avvicinati, guardale meglio. Non sono impronte umane. Di che cosa si tratta secondo te? Sembrano... minuscole zampe!»

Si chinarono entrambi per ispezionarle.

«Ma perché lo avrebbero rubato?» le chiese con tono preoccupato.

«Forse perché contiene veramente qualcosa di importante!» suggerì lei.

In quel preciso istante, sentirono sbattere una porta e poi una voce che li chiamava: «Bambini eccomi, sono a casa!».

«Accipicchia, è Catrine! È già qui, è arrivata in anticipo. Io vado di sotto mentre tu ripristini la serratura, d'accordo?»

Ginny si precipitò fuori dalla stanza e scese di corsa le scale.

«Buongiorno Catrine, come stai?» si affrettò a dire trafelata, arrivando in cucina.

«Buongiorno cara! Bene, bene, ma questa neve ha creato dei bei disagi!» rispose mentre si toglieva il cappotto.

Catrine era una bella signora di mezza età, robusta e vigorosa. Dietro grandi occhiali grigi si nascondevano due occhi chiari, di un azzurro nontiscordardimé. Aveva capelli castani, corti, pettinati con la riga di lato. I suoi abiti erano sempre sgargianti, come il suo sorriso. I bambini l'adoravano.

«Dov'è Leo?» domandò subito dopo, guardandosi intorno.

«È ancora a prepararsi, arriva subito...» mentì Ginny.

«Posso darti una mano qui in cucina nel frattempo?» la incalzò subito, cercando di trattenerla di sotto.

«No, cara, grazie, mi sbrigo da sola. I vostri amici sono al lago a pattinare, perché non andate anche voi? È una bellissima giornata... E ricordatevi di portare i pattini!»

Ginny allora guardò fuori. La neve brillava come se fosse tessuta di luce. L'aria era fresca ma non troppo fredda, e il limpido sole di dicembre splendeva.

«Spero che l'inverno duri a lungo!» commentò allora Ginny.

«Sei una delle poche, cara, te l'assicuro. Ci sono state già diverse bufere di neve nell'ultimo periodo. L'inverno si è fatto davvero più capriccioso del solito. Tutti adorano la neve a Natale, ma a nessuno piace rimanere bloccato a casa. Pare che questa notte sia prevista un'altra bufera, anche peggiore di quella di ieri!»

E mentre si infilava svelta il grembiule, sospirò: «Oh, non mi ero accorta che la macchina della nonna è ben sepolta, lì sotto. Potrei chiamare Jim perché venga a darmi una mano, così magari la sposta nel garage!».

In quel momento, si udì Leo correre giù dalle scale. Dopo un attimo atterrò con un tonfo sordo sul pianerottolo, urlando: «Buongiorno Catrine!».

«Buongiorno caro! Che impeto! Da cosa stai scappando?» rise lei. Poi subito riprese: «Dicevo ora a tua sorella che tutti i bambini sono al lago. Vi metto i pattini in una borsa, così potete raggiungerli velocemente, almeno io qui lavoro tranquilla e do una bella pulita!».

I bambini si guardarono, Leo alzò il pollice in alto in senso affermativo. Ginny gli sorrise.

«D'accordo Catrine, allora noi andiamo. A più tardi!» e si incamminarono veloci per raggiungere gli amici.

CAPITOLO 7

Il sentiero proibito

In un qualsiasi altro giorno Ginny e Leo avrebbero forse notato quella sagoma bianca che saltellava vicino alla casa, cercando di farsi notare. Ma la notte li aveva stremati, e il richiamo dei loro amici li attirò verso il lago come una calamita. La passeggiata non fu lunga e, non appena li ebbero raggiunti, Maryam e Reem corsero loro incontro veloci.

«Ma quanto ci avete messo a prepararvi? Stavamo per tornare a chiamarvi» li apostrofò la maggiore delle due, imbronciata, ma arrendendosi subito a una risata.

«Avete portato i pattini? Zaina e Lea hanno già attraversato il lago due volte, mentre Amir è nella casa sull'albero» disse Reem rivolgendosi a Leo.

«Leo, io vado a pattinare, tu che fai?» chiese Ginny.

«Io e Reem raggiungiamo Amir, poi veniamo!» rispose lui, incamminandosi con la bambina.

Appena i due si allontanarono quel tanto da non essere sentita, Ginny iniziò a parlare.

«Maryam, sono un po' preoccupata per mia nonna. Si comporta in modo strano. Appare distratta, si assenta per molte ore senza dirci dove va, o resta chiusa a lungo nella sua camera. Come se non bastasse, l'altra notte, proprio durante la tempesta, ci siamo alzati e l'abbiamo trovata vestita di tutto punto. Sembrava fosse in procinto di uscire. Poi, questa mattina, se n'è andata molto presto senza aspettarci. Non era mai accaduto prima! Ha lasciato solo un biglietto sul tavolo, per dirci che andava da Marianna. Ma sono sicura che Marianna è tornata in Canada mesi fa. Secondo me è una scusa bella e buona. La sua macchina è ancora bloccata sotto la neve e non può avere percorso a piedi trenta chilometri!»

«Si sarà fatta dare un passaggio, Ginny! Davvero dovresti fare l'investigatrice da grande, secondo me!» le rispose Maryam ridendo. «Stai tranquilla, non ha senso che ti agiti così! Sai come fanno gli adulti, a volte non ci dicono tutto per evitare che ci preoccupiamo...» continuò con voce rassicurante, e prendendole la mano la strinse forte.

«Mia nonna non è così, ci parla sempre con franchezza, anche se ultimamente sembra preoccupata per qualcosa. C'è un libro che non vuole che leggiamo e che ci tiene nascosto. Temo che sia proprio quel libro la causa di tutto questo!» riprese Ginny pensierosa.

«Che idee ti vengono in testa a volte! Cosa vuoi che nasconda un libro!» rise Maryam. «Stai tranquilla, ti parlerà al suo rientro, non hai ragione di preoccuparti. E guarda che meravigliosa giornata! Pensala così: questo è un momento di festa per noi. Abbiamo un po' più di tempo per stare qui insieme e divertirci sulla neve. Il sole splende e non fa freddo. Perché rovinare tutto con brutti pensieri?»

Ginny la guardò per un attimo e poi le sorrise.

«Hai ragione Maryam, godiamoci questa bella giornata insieme!»

Dalla parte opposta del lago, intanto, si avvicinavano due figure che pattinavano veloci. Una bambina molto alta, che sembrava quasi una ragazzina, era accompagnata da un'altra un po' più bassa di statura. Entrambe avevano capelli neri, raccolti in una coda, occhi scuri e carnagione olivastra.

«Eccoti, finalmente!» esclamò Zaina, la più alta delle due, rivolgendosi a Ginny.

«Abbiamo trovato un posto bellissimo, venite che ve lo mostro!» concluse lanciandosi sul ghiaccio, non ammettendo replica.

Le quattro bambine si allontanarono allegre, mentre dalla cima dell'albero fioccavano palle di neve.

«Chi prende per primo quel ramo secco, vince!» urlò Reem lanciandone una e colpendo un piccolo cespuglio innevato.

La giornata trascorreva felicemente: il sole ancora alto nel cielo, la neve fresca, il lago ghiacciato. Nessuno aveva voglia di tornare a casa per mangiare. Catrine conosceva i bambini molto bene. Aveva avvisato le loro famiglie che avrebbe raggiunto i bambini al lago e si sarebbe occupata del pranzo: tramezzini al formaggio, pane con burro e marmellata, alcuni biscotti e due torte, tra cui quella favorita di Ginny, crostata al cioccolato.

Quando i bambini, affamati, si avvicinarono, trovarono Catrine che aveva già predisposto tutto sui tavoli da picnic intorno al lago.

«Che fame!» urlò Leo. «Ho sempre fame, soprattutto di tramezzini al formaggio! Grazie Catrine, sei la migliore!» e così dicendo ne agguantò tre in una volta sola.

Tutti si misero a scherzare e a parlare allegramente. Catrine li lasciò, raccomandandosi di buttare gli avanzi e i piatti nei cestini.

Di lì a poco arrivò Haya, correndo e urlando qualcosa di incomprensibile. Un mare di capelli corvini lunghi e lisci le svolazzavano intorno e le coprivano gli occhi scuri mentre, con una mano, cercava invano di ricacciarli all'indietro per liberarsi la fronte.

«Dovevate esserci, vi siete persi un'avventura incredibile! Questa mattina sono stata con i miei cugini e mio fratello Suheil nel bosco e abbiamo trovato una casa nella foresta. Sembrava abbandonata. Un luogo da brividi, ve l'assicuro!»

Prese posto a tavola e afferrò distrattamente un tramezzino al formaggio. Dopo un attimo lo ributtò nel piatto.

«Odio il formaggio!» esclamò nauseata. «È rimasto qualche pezzo di torta?» proseguì, senza lasciare a nessuno il tempo di replicare. «Conoscete il sentiero proibito? Sì? Ecco, siamo andati proprio lì!»

«Ma cosa vi è saltato in mente, siete completamente matti? Sapete del pericolo valanghe?» esclamò Zaina preoccupata.

«Uff! Pericolo di qui, pericolo di lì... Sono arcistufa di tutti questi divieti! Cos'è la vita senza un pizzico di brivido? Comunque, la valanga non c'è stata, almeno quando noi eravamo lì!»

«Ciò non toglie che il tuo sia un comportamento pericoloso e irresponsabile, e ne vai pure fiera!» sentenziò allora Lea alzandosi, scandalizzata.

«Che noia! Potreste rimandare la lezione di buone maniere a quando sarò andata via? Piuttosto, sentite cosa abbiamo scoperto!»

Ginny le si avvicinò e chiese: «Avete trovato qualcuno?». Non sapeva perché, ma si sentiva molto a disagio, pensava alla nonna.

«No, non qualcuno: qualcosa!» riprese Haya. «Ti ho appena detto che abbiamo visto una casa. Secondo me è quella di cui parlano tutti: la leggenda di quel vecchio che in paese dicono sia un mago. Lì per lì abbiamo pensato che fosse disabitata ma intorno, nella neve, c'erano delle piccole impronte verdi, pareva vernice. Sembravano lasciate da un neonato che indossava piccoli scarponi. Si dirigevano dalla porta della casa verso il bosco: le abbiamo seguite per un po', ma poi sono svanite nel nulla. Come se qualcuno le avesse cancellate di proposito».

«Oh, senti, senti! Allora ci vorresti fare credere che un neonato, con delle scarpe da montagna, vive nel bosco in una casa di un ipotetico mago che nessuno ha mai visto, e se ne va in giro tranquillamente da solo?» chiese Amir sarcastico, ridacchiando tra sé.

«Nient'affatto! Ovviamente non è un neonato! Penso si tratti piuttosto di un elfo o... uno gnomo!» riprese lei con sicurezza.

A quelle parole, Amir, Zaina e Lea si alzarono.

«Noi andiamo a pattinare. Non abbiamo tempo per discorsi da bambini. Quando avrai finito con queste storielle, chiamaci. Vi aspettiamo al lago!» asserì Zaina, andandosene con fare sprezzante.

Subito dopo, gli altri bambini si avvicinarono ad Haya.

«Ti prego, continua!» la incalzò Maryam.

«Si perderanno la storia del secolo, peggio per loro! Allora, siete pronti?»

«Pronti!» risposero i quattro all'unisono.

«Dunque, quelle strane impronte non ci hanno portato a nulla, ma quando ci siamo spinti all'interno della casa abbiamo visto due grandi calderoni, e anche boccette e ampolle piene di erbe strane, proprio come quelle per le pozioni. Poi, su un armadio si leggeva distintamente la scritta 'abbandonati', mentre altre parole erano state cancellate. Al centro del tavolo c'era una bottiglia aperta e tutto intorno mille pezzetti di sughero sparpagliati. Appesi alle pareti spiccavano quadri di un lugubre castello e dipinti di spaventosi animali, mentre dal soffitto pendevano delle corde intrecciate a formare una rete nera, e un'altra simile giaceva per terra. Volevamo prenderla, ma toccandola ci è parsa troppo pesante e appiccicosa, e l'abbiamo lasciata. Nel complesso, un posto davvero sinistro. I vetri delle finestre erano chiusi, ma gli scuri erano tutti spalancati. Forse chi ha lasciato quella casa l'ha fatto pensando che sarebbe tornato di lì a poco» concluse Haya.

«Ma tu... sapresti tornarci?» chiese subito Ginny.

«Penso di sì, perché me lo chiedi?»

«Perché sono curiosa e adoro le avventure!» mentì Ginny, cercando di apparire naturale.

Leo si avvicinò alla sorella e i due si scambiarono un'occhiata d'intesa.

«È la casa di Azimur!» le sussurrò.

Ginny annuì, ma subito furono richiamati da Haya.

«Ho la sensazione che non me la raccontiate giusta voi due! Va bene, mangio quest'ultimo pezzo di torta e passiamo a prendere Suheil, che vorrà certo tornarci. Meglio andare, prima che venga buio».

Dopo qualche minuto erano già tutti in cammino.

CAPITOLO 8

La casa stregata

Dopo essersi riuniti con Suheil, gli amici si addentrarono nel fitto della foresta, camminando l'uno accanto all'altro. Il sole invernale tracciava disegni chiari sul sentiero innevato che risplendeva man mano che procedevano. I loro passi, rallentati dalla neve, incidevano quella gigantesca pagina bianca su cui potevano ora disegnare splendide avventure e tracciare i loro sogni.

Dopo oltre un'ora di cammino, ormai esausti, riuscirono finalmente a scorgere qualcosa in lontananza.

«Eccola!» esclamò Haya. «A dire il vero mi sembrava più vicina!»

La casa era piccola e ben nascosta nel fitto del bosco, si intravedeva a malapena tra gli alberi. Il tetto, coperto di neve, la faceva sembrare ancora più bassa. Il comignolo però era spento, non come nella storia di Mizuar.

«Venite, presto! Guardate qui! Le impronte vicino alla casa sono state cancellate con un rastrello» urlò Haya.

«Oh santo cielo! Non vi sembra strano? Perché mai qualcuno si è preso il disturbo di venire fino qui solo per cancellare delle impronte? Andiamocene subito, datemi retta! La casa l'abbiamo vista, non è niente di che. Magari ci vive davvero un mago e se ci trovasse qui potrebbe non esserne molto contento...» piagnucolò Maryam, guardandosi intorno.

«Dai, Maryam aspetta un attimo! Entriamo, guardiamo cosa c'è dentro. Ora che siamo arrivati fin qui non ha senso fermarsi sulla porta! E poi non vedi che non c'è nessuno? Cosa potrebbe mai accadere?» ribatté Leo.

Ginny approvò con un cenno della testa e propose: «Aspettaci qui, se non te la senti di entrare. Facciamo in fretta!».

«Sentite, voi due! Mi potete dire cosa state cercando?» sbottò allora Haya, innervosita.

«Nulla di preciso! Nostra nonna ci ha raccontato la storia di una casa come questa, di un bambino di nome Mizuar e di un perfido mago. Penso si tratti della leggenda del villaggio e dalla descrizione era molto simile a...»

In quel momento Leo fu interrotto da un pizzicotto di Ginny.

«Cosa c'entra quella storia ora?» proruppe lei in una risatina nervosa, lanciandogli un'occhiata di fuoco.

«Beh, forse qualcosa c'entra invece!» si insospettì Haya, ora più che mai certa che le nascondessero qualcosa.

«Fate presto e andiamo via, per favore!» si lamentò Maryam, che seguendo il consiglio di Ginny era rimasta immobile sulla porta.

«Uffa, ma di cosa hai paura? Non vedi che non c'è nessun pericolo?» sbottò Reem, agitando le braccia con impazienza, ed entrò in casa, decisa. L'urlo di terrore di sua sorella la pietrificò. Si girò a guardare e vide che un enorme ragno le era caduto sulla testa.

«Toglietemi immediatamente questo coso schifoso dai capelli!» sbraitò.

Haya e Suheil le si avvicinarono per aiutarla mentre Leo si schiarì la voce, afferrò un libro trovato sul tavolo e si diresse verso Maryam dicendo: «Fatemi passare!».

«Non vorrai schiacciarmelo in testa, vero? È più grande di una mela e più peloso di una scimmia...» sibilò.

«Nient'affatto, ma stai calma ora!» disse, sicuro di sé. Poi, rivolgendosi al ragno, cominciò a parlare con voce suadente: «Bel ragnetto, saresti così gentile da salire su questo libro? Maryam è spaventata, non ha mai visto ragni così possenti come te! E pensandoci bene, se tu cadessi potresti farti male!».

In un attimo, il ragno si accomodò sul libro. Sembrava avesse capito.

Leo lo appoggiò a terra e lui rapido si dileguò. Tutti rimasero sbalorditi.

«Leo!» esclamò Suheil. «Non avevo idea che sapessi comunicare con i ragni. Siamo venuti qui con la persona giusta, quindi!» e gli si avvicinò dandogli una forte pacca sulla spalla.

A quel punto i bambini, tranquillizzati, vollero esplorare il resto della casa e si spostarono in un'altra stanza. Leo ne approfittò per parlare con la sorella senza far insospettire gli altri. «Ti sei accorta di cosa aveva sulla testa quel ragno? La corona di foglie! Se non fosse per le dimensioni ridotte, penserei a Massinur, il re dei Ragni Giganti! Ricordi quell'enorme e orribile ragno che mi voleva mangiare? Dynowish mi ha salvato dalle sue grinfie per un pelo. Chissà cosa sarebbe accaduto altrimenti. Cosa ci fa qui, se questa è la casa di Azimur? Dopo l'intervento di Dynowish era tornato dalla nostra parte, ricordi?» e mentre parlava si mise una mano sul mento per riflettere.

«Certo che mi ricordo di Massinur! Ma, se fosse lui, non capisco perché ora sia così piccolo e non parli! In ogni caso, hai fatto bene a essere gentile con lui, non si sa mai...»

«Ginny, non ci capisco proprio nulla, ecco!» rispose Leo, frustrato.

Lei stette zitta un attimo e poi proseguì. «Temo che i sogni siano davvero in pericolo. Troppe coincidenze... I nostri incubi ricorrenti, il libro scomparso, la nonna che se ne va chissà dove, la gonna fatta di petali che indossava l'altra notte, e Chepi, in miniatura, che usciva dall'orologio a pendolo... Leo, vuoi smettere di scuotere la testa? Forse *tu* non l'hai vista, ma io sì e devi credermi!»

«Ti credo, ti credo... Ma mi sembra che ti stia un po' incaponendo con quell'orologio!» rispose lui conciliante, senza convinzione.

Ginny proseguì ignorandolo: «E adesso, guarda un po', siamo finiti in questa casa così simile a quella della storia di Mizuar. Secondo te perché la nonna è sparita proprio dopo avercela raccontata? Forse aveva uno scopo preciso? A me questa faccenda sembra un tantino strana...» concluse Ginny praticamente tutto d'un fiato, mentre Leo la ascoltava annuendo. «Il punto che più mi inquieta però è: che cosa c'entra la nonna con questa vicenda e con Dynowish?»

«Hai ragione, sembra che ci stiamo addentrando in un labirinto senza uscita! Ma cerchiamo di non abbatterci proprio ora e vedrai che scopriremo tutto molto presto!» la confortò lui.

Si riunirono quindi agli altri e Ginny si rivolse ad Haya, cercando di apparire indifferente: «Haya, qui non ci sono reti appiccicose e non vedo nessuna bottiglia né ampolle strane!».

«La rete era qui, ai piedi del tavolo, te lo assicuro. Non ho detto una bugia! E le boccette e i calderoni di fianco al camino. Ma è sparito tutto, anche la bottiglia!» rispose lei allargando le braccia.

«Quindi possiamo andare, vero? La casa l'abbiamo vista dentro e fuori e, a parte dei ragni mostruosi, non mi pare ci sia molto altro...» piagnucolò Maryam, che nel frattempo aveva superato in parte la paura dopo aver esplorato la casa.

«Sì, hai ragione, secondo me è ora di andare. Si sta alzando un forte vento. È prevista un'altra tempesta per questa notte! Meglio muoversi prima che inizi a nevicare!» concordò allora Ginny, avvicinandosi a lei.

«Finalmente qualcuno con un po' di sale in zucca!» replicò Maryam con un sospiro di sollievo.

Ma appena aprirono la porta per uscire, la richiusero subito perché si resero conto che la neve aveva iniziato a cadere abbondante, e il vento a soffiare sempre più forte. La bufera era già in arrivo. Andarsene in quel momento significava rischiare di restare bloccati da qualche parte nel bosco.

«Oh, santo cielo! Temo che dovremo fermarci qui per questa notte!» esclamò Leo.

«Ma... sei matto?» replicò Maryam. «Io in questa casa non ci resto!»

Aprì nuovamente la porta, ma una raffica gelida l'avvolse in una nuvola di neve e la fece barcollare. Si mise la testa tra le mani e iniziò a singhiozzare. Ginny le si avvicinò, cercando di consolarla.

«Nessuno vuole restare qui Maryam, te l'assicuro, ma se usciamo ora la tempesta ci travolgerà e avventurarci nel bosco sarebbe davvero troppo pericoloso. Sarà solo per una notte vedrai, e domani mattina ce ne andremo!»

Così dicendo si alzarono e si avvicinarono al tavolo intorno al quale, nel frattempo, si erano sedute Haya e Reem.

«Mio nonno mi ucciderà se non torniamo! Immaginate se sapesse dove ci troviamo! Mi ucciderà! Mi ucciderà due volte!» urlò Haya con tono melodrammatico. «Non posso pensare di stare a casa in punizione, dobbiamo trovare una spiegazione per il fatto che siamo venuti fino qui. Che ne dite di questa: 'Stavamo cercando Joy e poi ci siamo persi...'. Ah piuttosto, dove è finita Joy?» concluse.

Suheil le si avvicinò dicendo: «Cara sorellina, prima di cercare una scusa, proviamo almeno a non morire congelati. Inizia a fare freddo e dobbiamo trovare qualcosa per accendere il fuoco».

«Per fortuna in quella cesta c'è legna a sufficienza per alcuni giorni!» li rassicurò Leo mettendosi al lavoro e avvicinandosi al camino.

«Cosa significa *per alcuni giorni*?» sbraitò Maryam, con la faccia che era diventata più bianca della neve.

«Tranquilla, volevo solo farvi sapere che staremo al caldo!» sghignazzò Leo, che si sentiva invece di ottimo umore. Essere lì nel bosco, nel bel mezzo di un'avventura, e potersi rendere utile con la sua esperienza da ferrato campeggiatore lo rendeva allegro e ottimista.

Era infatti un vero esperto nel preparare il fuoco. Iniziò sistemando scrupolosamente i rametti più piccoli, infine quelli più grandi, in una catasta sempre più alta. Poi prese dei fiammiferi che aveva adocchiato in cucina, ma presto si accorse che erano troppo umidi. Aveva quasi finito la scatola quando finalmente alcune scintille scesero sul mucchio di legnetti. Il fuoco si attizzò in un attimo, e la luce e il calore che sprigionava resero tutti più tranquilli.

I bambini intanto continuavano ad aggirarsi nella casa, che sembrava essere stata abitata di recente. Trovarono alcune pentole, due piatti sbeccati, un paio di bicchieri e di tazze, una brocca di metallo e due tovaglioli sui quali erano ricamati tre bei fiori. Leo li aveva guardati e riguardati e poi si era avvicinato a Ginny sussurrandole: «Sembra proprio che la casa fosse utilizzata da due persone... Quindi forse ci siamo allarmati per nulla. Magari si tratta solo di un rifugio di cacciatori!».

Ginny annuì, ma si vedeva che non era ancora convinta. Era stata attratta da alcune boccette che dovevano contenere un liquido, ora evaporato. Era rimasto un alone verdastro sul fondo, dove si intravedeva un simbolo inciso con caratteri a lei sconosciuti.

Maryam trovò una scopa un po' malandata, ma iniziò a usarla ugualmente per dare una spazzata al pavimento. Reem prese un vecchio soffietto per attizzare il fuoco e lo portò vicino al camino. Stava facendo del suo meglio per capire in che direzione puntarlo per rendere la fiamma più vigorosa, ma rivolse il soffio sulla polvere che Maryam aveva accumulato in un angolo, sollevandola in aria.

«Reem, stai attenta per favore!» urlò alla sorella che non riusciva a smettere di ridere.

Nel frattempo, Leo era stato attratto da alcuni utensili di ottone riposti sopra un mobile di legno scuro. Fin dalla prima occhiata, gli apparvero identici a quelli che aveva visto con Ginny in soffitta. Gli sembrò strano, ma evitò di fare notare la cosa alla sorella. Era già piuttosto allarmata e in pena per la nonna, non voleva peggiorare la situazione. Dopo aver trafficato per la casa, i bambini si radunarono tutti intorno al tavolo.

«Che si mangia?» chiese Suheil, che a pranzo non aveva praticamente toccato cibo.

Reem aveva sempre con sé scorte di cibo. Aprì il suo zaino e tirò fuori qualche panino e un bel po' di biscotti. Anche se non era molto, i bambini si spartirono tutto con gioia.

«Sarà davvero una bella esperienza, alla fine!» affermò Ginny, avvicinandosi al fuoco per scaldarsi.

«Se non ci fossero ragni giganteschi e quegli inquietanti dipinti alle pareti, potrebbe quasi essere una casetta accogliente!» sospirò quindi Maryam, che si sentiva ora più rassicurata. Nulla nella casa sembrava denunciare la presenza di qualche mago o strega.

Anche Ginny cominciava a ricredersi, e ripensò a quanto le aveva detto poco prima Leo. In fondo, poteva ben trattarsi di un riparo nel bosco di qualche cacciatore. Forse si era fatta suggestionare dalle sue stesse paure. In ogni caso, la circostanza richiedeva che rimanessero calmi e lucidi, non era il momento di abbandonarsi a pensieri angosciosi.

Il silenzio scese sulla casa come una coperta. Si udivano soltanto il crepitio del fuoco e il soffiare violento del vento.

«Cerchiamo di riposare! Domani mattina dovremo lavorare tutti quanti per liberare la strada!» Leo ammonì gli amici.

Distesero a terra alcune coperte che avevano trovato in un armadio e si raccolsero intorno al fuoco. In breve, si addormentarono.

Ginny invece, come sempre, non riusciva a dormire. Rimase in ascolto della bufera. Tra l'ululare e l'infuriare del vento, pareva ora mescolarsi un altro suono, le sembrava il singhiozzo di un bambino. Senza capirne la connessione, il suo pensiero volò a Mizuar e alla storia che la nonna aveva lasciato in sospeso. Poi, si scosse. Di nuovo si stava autosuggestionando, pensò. Doveva distrarsi.

Privata del suo lavoro a maglia, si mise alla ricerca di un libro. Si guardò intorno e ne vide alcuni sparsi su uno scaffale. Constatò con disappunto che la maggior parte erano scritti in lingue a lei sconosciute.

Dopo una breve ricerca, si imbatté infine in un titolo: *La nuova Terra degli Ulivi Giganti*. Fu come un pugno allo stomaco. Era la terra da cui proveniva Lady Uni, non aveva dubbi. Gliene aveva parlato lei stessa.

Davanti agli occhi le si aprì un baratro: si sentì catapultare in un attimo indietro nel tempo, nel luogo in cui era iniziato il loro viaggio verso quel mondo fantastico, la spiaggia vicino a casa sua.

Le tornò alla mente, vivida e chiara, l'immagine di Chepi seduta con la sua preziosa valigia, e il riecheggiare della sua voce che raccontava la storia dei sogni abbandonati. Poi, uno dopo l'altro, rivide Dynowish, Tyrox con la sua goffaggine che la faceva sempre sorridere e Lady Uni, impeccabile e raffinata.

"No!" si disse. Doveva ormai arrendersi all'evidenza, la presenza di *quel* libro non poteva essere una mera coincidenza.

Si avvicinò alla luce fioca di una lampada ancora accesa, accomodandosi sull'unica poltrona disponibile, e iniziò a leggere.

Il racconto parlava proprio di Azimur e della Terra degli Unicorni da lui minacciata. Per impadronirsene, quel malvagio mago usava sempre la solita tecnica: rubava i sogni a tutti quanti e poi toglieva loro ogni speranza, diffondendo la paura e rendendoli schiavi di essa. A causa sua, gli Unicorni erano fuggiti, ma Lady Uni e sua madre, la regina, non si erano arrese. Avevano avuto fede nei sogni e combattuto per essi.

Purtroppo, si accorse con disappunto che molte pagine del libro erano state strappate, mentre di altre rimanevano solo alcuni brandelli illeggibili.

Ginny era frastornata. Solo un attimo prima era riuscita a tranquillizzarsi e ora le ripiombava tutto addosso, come un secchio d'acqua gelata. Che cosa poteva fare? Doveva assolutamente svegliare Leo e informarlo della sua scoperta. Gli si avvicinò scuotendolo per una spalla.

«Si può sapere cosa vuoi da me? È notte fonda, perché non mi lasci dormire in santa pace, per favore?»

«Perché ho trovato questo!»

«Il libro di Dynowish?» lui si alzò di scatto.

«No, purtroppo. Non quello. Ma per favore, parla più piano, non voglio che si sveglino tutti!» disse mentre mostrava il volume che teneva in mano.

Leo si ridistese a terra, visibilmente contrariato.

«E mi disturbi per un libro che parla di ulivi giganti?»

«Leggi per favore, invece di continuare a lamentarti!»

Lui, di malavoglia iniziò a sfogliare il libro, e più leggeva, più la sua espressione cambiava.

«C'è qualcosa di poco chiaro in questa faccenda! Eh sì, sì! Certo anche tu avrai avuto i miei stessi pensieri... È incredibile: questa è esattamente la storia che ci ha raccontato Lady Uni durante la nostra prima avventura. La stessa identica storia. Se qualcuno ha intenzionalmente rimosso alcune pagine, è evidente che voleva nascondere qualcosa, e questo qualcosa riguarda sicuramente i sogni e Dynowish!» affermò lui senza esitazione.

Sentirono un rumore e qualcuno borbottare qualcosa.

«*Sss!*» sussurrò Ginny facendo cenno al fratello di abbassare la voce.

Si voltarono per controllare e si resero conto che si trattava solo di Haya che parlava nel sonno.

«Ginny, dobbiamo assolutamente andare da Dynowish. Ma come facciamo a sapere dove si trova ora? Quando ci ha salutato, alla fine del nostro viaggio, non ci ha detto come fare per richiamarlo in caso di bisogno. Magari, leggendo questo libro troviamo qualcosa che potrebbe aiutarci...» ipotizzò Leo.

Improvvisamente, sentirono un rumore provenire dall'esterno e poi un picchiettio alla finestra.

«Speriamo non sia il mago!» disse Leo. «Se ci trova tutti qui, siamo fritti!» e si avviò in quella direzione.

Guardarono e riguardarono, ma non videro nulla. Poco dopo, udirono di nuovo lo stesso suono. Sembrava proprio che qualcuno bussasse sul vetro. La fitta neve che scendeva ostacolava la visuale. Si scorgeva solo un puntino blu e rosso muoversi nella tempesta.

Ginny cercò di aprire la finestra senza far penetrare all'interno troppa aria e neve: non era semplice, il vento soffiava con forza.

Non appena scostò le ante, qualcosa di bianco e tondo si introdusse nella stanza. Sembrava una palla di neve. Indossava un piccolo cappello blu con un pon pon rosso. I bambini non ebbero dubbi ed entrambi esclamarono in coro: «Helas!».

Era il re degli Gnomi dei Ghiacci, potentissime creature tonde e paffute, fatte di neve, che vivevano nelle Terre del Nord, da sempre alleate di Dynowish. Helas era già stato di grande aiuto per Ginny e Leo in passato, quando aveva donato loro le tre foglie magiche, che si erano rivelate fondamentali per superare molte prove durante il viaggio nella Foresta Ghiacciata. I bambini erano felicissimi di rivederlo anche se, in fondo ai loro cuori, serpeggiava una certa paura. Una nuova pericolosa avventura stava per cominciare e a partire da quel momento non potevano più tirarsi indietro!

CAPITOLO 9

Un'antica leggenda

Helas, in piedi sul davanzale, barcollava. Come travolto da un violento calore aveva cominciato a sciogliersi, disseminando intorno a lui una miriade di piccolissime palline di un bianco cangiante, collegate tra loro da sottili fili argentati.

«Che cosa ti sta accadendo?» gridarono in coro i bambini allarmati.

«I sogni stanno svanendo e io vivo grazie alla loro energia... Se le cose procedono in questo modo, temo che mi scioglierò tutto! Ma non vi preoccupate per me, c'è ancora speranza se lavoriamo tutti insieme!» ansimò, cercando di non apparire troppo agitato.

«Piuttosto, sono giorni e giorni che cerco di attirare la vostra attenzione!»

«Davvero?» chiese Leo incredulo. «Quindi eri tu nella soffitta della nonna?»

«No, purtroppo mi è stato impossibile entrare. Azimur ha ordito un terribile incantesimo. Cercava da tempo il libro di Dynowish e temo sia già nelle sue mani!» rispose.

«Quindi l'ha rubato lui?» chiese Ginny.

Helas deglutì. Asciugò delle gocce bluastre che gli scendevano dalla fronte. Poi proseguì.

«Non è chiaro. Azimur è un infido manipolatore! Non sappiamo se sia stato lui oppure se si sia servito dei poteri dei Turxin, degli Arrowhead o dei Marinis. Ma una cosa è certa: sono tutti caduti nella sua trappola. Li ha ingannati con false promesse strappando loro i sogni, e quegli sciocchi gli hanno creduto. Ora che ha trafugato le preziose Lacrime della Luna, la sua presa su di loro è più forte che mai. Le ha modificate per creare incubi divora-sogni perché il suo obiettivo è controllare tutti a suo piacimento» sospirò, scuotendo la testa.

«Cosa sono esattamente le Lacrime della Luna?» lo interruppe Leo incuriosito, mentre con la coda dell'occhio controllava che tutti gli altri continuassero a dormire.

«Davvero non lo sapete? Dynowish non ve ne ha mai parlato?» chiese Helas, togliendosi il cappello e iniziando a grattarsi la testa, pensieroso. Sembrava indeciso su come rispondere.

Poi estrasse una piccola fiaschetta che teneva nella sua borsa a tracolla.

«Datemi un attimo per riflettere... Ecco cosa ci vuole: un bel sorso di Yangong, un infuso cinese preparato con unghie amare di drago dormiglione, un pizzico di malva e alghe di Ispidus. Mischiato con un po' di miele di api primaverili, aiuta a prendere decisioni difficili e a fugare i dubbi... e soprattutto è delizioso!»

Dopo averne ingurgitato più di mezza fiaschetta, riprese la sua consueta espressione pacifica.

«Poco male, prima o poi lo verrete a sapere... Si tratta di una leggenda antichissima che narra di un triste evento, accaduto durante una notte d'estate. Ora ve la racconto!» disse, e inspirò profondamente come per prepararsi a un compito davvero arduo.

⚜ ⚜ ⚜

«In un tempo lontano, un mago malvagio, giovane e ambizioso si era appropriato di alcuni libri rarissimi, ricchi di misteri e di segreti sul potere immenso dei sogni. Potevano essere compresi e decifrati solo dagli appartenenti a tre famiglie imparentate fra loro, che sempre li avevano custoditi e protetti a fin di bene. Sebbene lui facesse parte di una di queste, usò le sue conoscenze per scopi malvagi: voleva dominare il mondo intero. Grazie ai suoi poteri, intrappolò la luna in una grande rete nera e vischiosa, privandola del suo splendore. Fu così che le notti diventarono buie e tristi, e per molto tempo non fu più possibile sognare.

Una sera, una piccola e coraggiosa bambina si affacciò alla finestra e, triste per il fatto che la luna non risplendesse più, la chiamò: 'Per favore luna, torna da noi! Sentiamo tanto la tua mancanza e vogliamo vedere di nuovo la tua luce che illumina i sogni di tutti noi bambini! Perché non vieni più a cullare le nostre notti? Senza di te i bei sogni si sono persi nell'oscurità e abbiamo solo incubi orrendi!'.

Nonostante non udisse altro che un muto silenzio, la bambina non si arrese e continuò ad affacciarsi con fiducia ogni sera per invocarne il ritorno. La luna avrebbe tanto voluto risponderle, ma era intrappolata in quella rete nera che le impediva di parlare e di muoversi.

Trascorso così un lungo tempo, una sera la bambina si sporse come sempre dalla finestra ma, diversamente dal solito, le sue parole furono di congedo.

'Mi affaccio qui per l'ultima volta. Sono molto malata e i miei genitori mi porteranno in un ospedale lontano. Se non dovessi più tornare qui ti prego, ricordati di me. Io ti porterò sempre nel mio cuore, ovunque mi trovi. Confido con tutta me stessa di poter un giorno vederti risplendere di nuovo lassù nel cielo, a vegliare sulle nostre notti avvolgendole con tanti bei sogni'.

La luna rimase talmente colpita da quella piccola bambina, che non si era arresa nonostante la sua malattia, che iniziò a piangere lacrime di commozione sincera e si accorse che più piangeva, più si sentiva leggera. Lentamente, la rete che la intrappolava iniziò infatti a sciogliersi. Le sue lacrime, nel punto esatto in cui toccavano il suolo, facevano nascere alberi rigogliosi e, intorno a essi, spuntavano fiori bianchi e luminosi. Dissolta la rete, pian piano la splendida luce della luna tornò a illuminare le notti e a proteggere i sogni di tutti.

La bambina, sbalordita dalla sorpresa, esultò battendo forte le mani e gridò, piena di entusiasmo: 'Se tu sei riuscita a tornare, ti prometto che ce la farò anch'io! Guarirò e ci rivedremo presto, non temere!'.

Chiuse quindi la finestra alle sue spalle, e per molto tempo non si affacciò più.

Poi accadde che, proprio durante una notte di luna piena, dalla consueta finestra spuntarono due occhietti vispi e allegri, un visino paffuto e sorridente e una vocetta gridò: 'Eccomi, luna! Sono tornata e sto bene! Proprio come te!'.

Le Lacrime della Luna, sgorgate grazie alla fede di una piccola bambina, erano prodigiose, capaci di far nascere una foresta di alberi magici. Sono gli stessi alberi che ancora oggi rigenerano le Lacrime e mantengono in vita lo Scrigno dei Sogni».

Terminato di parlare, Helas si asciugò una lacrima. Questo racconto lo faceva sempre commuovere. Anche i bambini furono toccati da quella storia. Leo, per darsi un tono e non cedere al turbamento, ruppe il silenzio per primo, interrogando Helas.

«È proprio una bella storia! Dynowish non ce l'aveva ancora raccontata. A proposito, sai dove si trova adesso? Perché non è qui?»

«E Chepi, Agarth, Lady Uni e Tyrox? Dove sono finiti?» lo interruppe Ginny tutto d'un fiato.

«Sono letteralmente scomparsi!» rispose Helas con amarezza. «Sospettiamo che siano stati intrappolati da Azimur, ma li ritroveremo tutti e liberemo i sogni, non temete! Proprio per questo occorre partire immediatamente!» concluse, tentando di riappiccicarsi una pallina che continuava a sfuggirgli.

«Partire per dove?» domandò Leo.

«Per Ebilandia! Solo se riusciremo a far rivivere lo Scrigno dei Sogni potremo liberare i nostri amici!» esclamò Helas.

«Ebilandia?» chiesero i due, in coro.

«Ci sono molte cose che non sapete ancora... Ebilandia è una città sospesa vicino agli Alberi della Luna che da millenni riproducono le sue Lacrime. Vi ho appena raccontato la leggenda della loro origine. Le Lacrime della Luna scorrono attraverso gli alberi e confluiscono nello Scrigno dei Sogni, una grande scultura realizzata con il legno rarissimo di una pianta speciale, che cresce solo nelle notti di luna piena, e che si è fortificato grazie alle più violente tempeste. Uno dei principali poteri dello Scrigno è quello di nutrire i sogni con la sua energia, grazie a un complicato meccanismo alimentato proprio dalle Lacrime stesse. Ebishíris, una potente fata di Ebilandia, ne custodisce alcuni importanti segreti».

«Quali segreti?» lo incalzò Leo, che adorava i misteri e voleva saperne di più.

«Si tratta di antiche conoscenze che consentono di decifrare il misterioso codice che conduce al ritrovamento di una gemma smarrita. Un'antica leggenda narra che su di essa sia incisa la chiave per risolvere l'enigma dei sogni. Se la pietra finisse nelle mani sbagliate, i sogni sarebbero persi per sempre!»

«Chi conosce questo codice?» continuò a domandare con insistenza Leo, che non riusciva più a trattenere la sua eccitazione. Sentire menzionare un codice segreto e una preziosa pietra smarrita era per lui talmente irresistibile da non curarsi del fatto che poteva essere in qualche modo pericoloso. Quella vicenda si stava trasformando in un'avventura piena di enigmi e colpi di scena.

«Per generazioni, il segreto per ritrovare la gemma è stato custodito da tre famiglie che avevano siglato un accordo per condividere le loro conoscenze. Solo con il consenso di tutti avrebbero potuto ritrovare la pietra scomparsa e mettere i sogni al sicuro per sempre. Ma purtroppo, quest'accordo non fu rispettato e le tre famiglie si divisero: alcuni, come noi, si schierarono per difendere i sogni, mentre altri, come Azimur e i suoi alleati, decisero di controllarli per scopi malvagi».

«E gli abitanti di Ebilandia, che ruolo hanno in tutto questo?» lo interrogò Ginny con tono inquisitore. Helas era molto più ciarliero del solito e non voleva farsi sfuggire quest'occasione.

«Gli Ebiniani sono sempre stati leali protettori dei sogni e ne mantengono in vita l'essenza positiva contribuendo alla loro vitalità. Da soli non possono decifrare ogni segreto celato nello Scrigno, perché questo era il compito delle tre famiglie. Ma alla fine, forse, occorre arrendersi di fronte al fatto che nessuno è davvero in grado di conoscere tutto ciò che riguarda i sogni. La loro origine e il loro potere rimangono un grande mistero».

Un ticchettio alla finestra lo interruppe. Guardò attentamente in quella direzione per qualche istante e poi riprese a parlare.

«Ancora una cosa prima di andare, bambini. Ricordate queste mie parole: non basta affidarsi alla magia per realizzare i propri sogni. È necessario crederci fermamente e combattere con determinazione per realizzarli, anche quando sembrano folli o impossibili. I sogni esistono per farci vivere al di là di ciò che vediamo».

«Sembra proprio la frase che ci ripete sempre la nonna: 'L'*impossibile* è solo il *possibile* che non riusciamo ancora a vedere!'» lo interruppe Ginny.

«Vostra nonna ha proprio ragione!»

I tre rimasero in silenzio fino a che, di nuovo, si udì un suono provenire dalla finestra. Helas estrasse un grosso anello dalla sua borsa e lo rigirò fra le mani come se dovesse accadere qualcosa.

Ginny, intanto, si mordeva le labbra per trattenere la domanda che più la inquietava: quella sul libro di Dynowish e su chi lo avesse rubato. Si fece coraggio e sputò il rospo.

«Helas, chi ha preso il libro delle storie di Dynowish allora? Qualcuno è entrato in casa, ne sono sicura! Ma come avrà fatto senza che ce ne accorgessimo?»

«Vedi Ginny, non saprei come rispondere alla tua domanda. Molte creature sono alleate di Azimur. Ciascuna di loro era già in possesso di poteri straordinari che ora, grazie a lui, si sono centuplicati. La vostra casa è sicuramente sotto controllo e quel perfido mago avrà disseminato di Turxin l'intera zona. Sono alberi speciali, capaci di cambiare forma e colore grazie alla loro natura fluida e mutevole».

«Quindi, ciò significa che tutti gli alberi sono delle spie e dei potenziali ladri?» chiese Ginny con tono saccente. Poi, lanciando a Leo uno sguardo soddisfatto, disse: «Vedi che avevo ragione? Ladri! Erano ladri!».

«Non ladri comuni, ma in un certo senso è vero!» disse Helas, trangugiando ancora alcuni sorsi di Yangong. Si vedeva che non amava affrontare certi argomenti. Poi riprese: «Se volete la mia opinione, penso che siano stati gli Arrowhead. Molti sottovalutano i loro poteri, ma io li conosco bene. L'ambizione del loro re Sinessu non mi è mai piaciuta. Non si fermava di fronte a nulla. È stato un grande alleato, ma non era semplice trattare con lui e mantenere la pace.

Alcuni dei miei credono invece siano stati i Marinis, ma questa ipotesi mi pare bislacca: detestano allontanarsi dal mare perché custodiscono dei fiori rarissimi, anche se ora si suppone ne sopravviva soltanto uno. Ricordo che il saggio che se ne prendeva cura si chiamava Aschemius... Ma è scomparso in mare e nessuno sa dove sia finito. Chissà, forse sono stati proprio loro a farlo sparire!».

«Ginny, accipicchia! Proprio come nella storia di Mizuar...» sussurrò Leo alla sorella.

Lei annuì, inghiottendo qualcosa che più che saliva le sembrò un tizzone incandescente.

«In che faccenda ci siamo cacciati Leo, pare un labirinto la cui unica uscita porta dritto dritto tra le grinfie di Azimur».

Helas aveva interrotto per un istante il suo racconto, indaffarato com'era ancora una volta a raccogliere una manciata di quei puntini luminosi che gli sfuggivano via da tutte le parti, cercando di riattaccarseli. Era un po' sbilenco ora, non più una tonda palla di neve, ma piuttosto una pera deforme.

Riprese a parlare di nuovo, ma con voce strozzata, come se quello che stava per dire gli costasse uno sforzo indicibile.

«Ma non è finita qui, bambini: vergogna delle vergogne per la nostra gente, anche alcuni dei nostri gnomi sono passati dalla sua parte... Non abbiamo proprio tempo da perdere!»

Helas era ora davvero arrabbiato, di una rabbia talmente tangibile che ai bambini sembrava di poterla quasi toccare. Tirò fuori nuovamente la piccola fiaschetta, che svuotò tutta d'un fiato.

Ginny sapeva che non avrebbe avuto molte altre occasioni per fare domande. Fece quindi un profondo respiro e domandò: «Helas, ho ancora un grosso dubbio: come mai un libro così importante è finito nella soffitta della nonna?».

Era tentata di tapparsi le orecchie per non udire la risposta. Ma si fece coraggio.

«Non è mio compito parlarvi di *quel* libro cara. Vi ho già raccontato fin troppo!»

Ginny ne rimase un po' delusa, ma allo stesso tempo si sentì molto sollevata. In realtà, non era ancora pronta per saperne di più.

Udirono di nuovo un ticchettio alla finestra e in quel momento l'anello, che Helas teneva ancora in mano, si illuminò di un rosa pallido. «È proprio tempo di andare, abbiamo ricevuto il via libera!» li ammonì, con un tono che voleva sembrare autoritario.

Ginny posò lo sguardo sui suoi compagni. Come poteva lasciarli soli nella foresta, in un momento come quello? Con un gesto della mano li indicò a Helas.

«Che ne sarà di loro?»

«Non temere. Sono protetti da un mio incantesimo e Massinur veglierà su di loro. Dormiranno un sonno profondo fino a quando torneremo!» la rassicurò lui.

«Massinur? Allora è proprio lui! È così piccolo che abbiamo stentato a riconoscerlo...» si sorprese Leo.

«Ha perso alcuni dei suoi poteri in uno scontro con Azimur, ma non si è arreso: è dei nostri e sempre un grande alleato, non temete!» concluse, mentre estraeva dalla sua borsa due foglie verdi porgendole loro.

I bambini le presero in mano, una per ciascuno.

«Ora, pronunciate le parole di rito con me!» li esortò Helas dirigendosi verso la finestra.

Ginny e Leo lo seguirono. Poi, fermandosi, recitarono all'unisono:

«*Se nei sogni fede avremo, sempre li realizzeremo!*».

Immediatamente iniziarono a rimpicciolirsi sempre più, fino a diventare poco più grandi di Helas. Si ritrovarono con indosso un cappello blu e rosso, una pesante giacca di pelo bianco, dei caldi scarponcini imbottiti e dei morbidi guanti, perfetti per proteggerli dal freddo.

«Siamo pronti!» disse quindi Helas. «I nostri velocissimi mezzi di trasporto ci aspettano!»

Sul davanzale della finestra si erano materializzate tre bellissime slitte di legno, perfette per le loro nuove dimensioni. Gli intagli nella parte anteriore raffiguravano dei volti femminili. Non appena le slitte si avvicinarono ai bambini, fecero loro l'occhiolino e li accolsero dicendo: «Siamo pronte anche noi!».

Si trattava di slitte veramente speciali: non solo potevano parlare, ma erano in grado di volare senza essere trainate. Da quel momento, nulla sarebbe più stato strano. Era l'inizio di un'avventura nella quale l'impossibile era all'ordine del giorno.

«Le slitte sanno dove andare. Voi dovrete solo tenervi saldi a bordo. Sono velocissime e spesso cambiano direzione senza preavviso. Ma fate attenzione: la vostra paura le farà bloccare e, in tal caso, rimarrete indietro. Occorre che abbiate fiducia nella riuscita. Se vi troverete in difficoltà, ripetete le parole che suggerisce Dynowish: 'Se alla meta punteremo, sempre la raggiungeremo'. Ora, tutti a bordo e partiamo!» urlò Helas riappiccicandosi un ultimo pallino luminoso che non ne voleva sapere di rimanere attaccato.

Un fruscio leggero ruppe il silenzio mentre le slitte si alzavano in aria. In un attimo, erano scomparse tra gli alberi della foresta nell'oscurità della notte.

CAPITOLO 10

L'arrivo a Ebilandia

I tre sfrecciavano a velocità supersonica sulla neve, non lasciando traccia del loro passaggio. Con il cuore che batteva all'impazzata, i bambini si tenevano ben saldi, aggrappandosi con tanta forza alla barra davanti a loro fino a farsi male alle mani.

Seguivano una traiettoria invisibile ma precisa, lungo un tunnel buio, più velocemente di quanto il loro cervello potesse concepire.

All'improvviso, sterzarono bruscamente a destra, per poi essere issati in alto con un balzo talmente repentino e violento da togliere loro il respiro. Infine, con una piroetta degna di esperte ballerine, le slitte li strattonarono a sinistra. I bambini si morsero la lingua per non urlare, quando sbatterono le braccia contro il legno duro della slitta e si fermarono in prossimità di un'ampia radura.

Avvolta in un'enorme bolla trasparente, videro sotto di loro una piccola città rivestita di pallidi colori primaverili.

Sette cerchi, uno per ogni colore dell'arcobaleno, circondavano il villaggio come una cornice. Erano grandi come grossi tronchi e percorsi da una luce pulsante. Sembravano gli anelli di un pianeta e ruotavano a ritmo di musica, come un vecchio giradischi. Dall'alto, si scorgevano una miriade di fiori decorare ogni casa, davanzale, edificio. Molti di essi galleggiavano nell'aria, come palloncini. Anche gli alberi volavano e fluttuavano, rigirandosi come astronauti in una navicella spaziale.

«Fermatevi qui, devo disattivare il campo magnetico!» li avvisò Helas.

Le slitte si avvicinarono al suolo scendendo quasi verticalmente, finché si arrestarono con un colpo brusco. Helas tirò fuori dalla borsa lo stesso anello che aveva con sé nella casa nel bosco. Emetteva ora una luce rosa molto intensa e, in pochi istanti, si materializzò davanti a loro un enorme cancello. Poi estrasse una specie di radiolina, su cui digitò un codice e chiamò: «Base 202: chiedo autorizzazione a entrare!».

Il cancello si aprì con un delicato suono di campanelle e, in un attimo, furono risucchiati all'interno. Non appena lo ebbero oltrepassato, quello iniziò a svanire, lasciando al suo posto un muro di pietre grigie come il piombo, che contrastava con i vivaci colori che li circondavano.

«Il sistema di sicurezza di Ebilandia è uno dei più sofisticati che esistano. Queste dietro a voi sono pietre cancella-ricordo. Anche se qualcuno riuscisse a entrare, non sarebbe più in grado di trovare l'uscita! Fra pochi minuti spariranno e nessuno potrà uscire da qui senza possederlo!» li informò Helas, mostrando loro l'anello usato poco prima. «Questo però non basta! Occorre anche saperlo usare!» aggiunse, facendo loro un gesto per enfatizzarne la difficoltà.

Si fermarono nella piazza principale e notarono che aveva una forma alquanto bizzarra, una sorta di rettangolo un po' sbilenco, quasi si rifiutasse ostinatamente di assoggettarsi alle più basilari regole della geometria. I tre scesero dalle slitte e, camminando, si sentivano leggerissimi come se galleggiassero.

Sulla piazza si affacciavano decine di piccole case colorate e, proprio al centro, troneggiava una grande scultura in legno che aveva la forma di uno scrigno aperto. Il suo interno era vuoto, ma collegato a un lungo tubo che sembrava ricavato dallo stelo di un gigantesco fiore. All'apparenza si trattava di un meccanismo molto semplice, ma i bambini sapevano che non lo era affatto.

Leo si avvicinò a Helas trattenendolo per un braccio. «È quello lo Scrigno di cui ci parlavi? Sembra bruciato».

«Esattamente. Da quella tubatura centrale, ricavata da uno stelo, scendeva la linfa prodotta dagli Alberi della Luna. Ma ora Azimur l'ha deviata nei suoi laboratori: infatti, come potete vedere, non ne esce più nemmeno un goccia».

I bambini stavano per avvicinarsi allo Scrigno per osservarlo meglio, quando Helas fece loro cenno di proseguire verso un enorme edificio prospiciente la scultura. Le porte spalancate davano modo di vedere al suo interno. Al centro della stanza, un grande tavolo ospitava numerosi attrezzi: bilance, alambicchi, piccoli pesi, lunghe bacchette di un metallo lucente, coltellini di varie dimensioni e tanti altri oggetti che loro non conoscevano. Lungo le pareti, centinaia di contenitori di vetro variopinti erano etichettati, ciascuno con una scritta diversa. Assomigliavano a boccette di inchiostro colorato. Custodita in una teca preziosa a poca distanza dalla porta, scorsero una minuscola pietra adagiata su un cuscino di velluto rosso. Brillava di una luce pulsante rosa.

«Assomiglia a quella dell'anello che ha usato Helas!» suggerì Ginny a suo fratello. Le pietre erano la sua passione. Le collezionava da sempre e ne possedeva almeno un centinaio. «Darei tutto per averla!»

Helas, che l'aveva sentita, le spiegò: «In quella stanza c'è il laboratorio degli Ebiniani, e quello che vedete brillare è un piccolissimo frammento di una pietra chiamata Astralux. Ha poteri incredibili! Immaginate che una scheggia così minuscola è sufficiente ad attivare questo meccanismo» disse, indicando un'enorme macchinario che incombeva su di loro e arrivava fino al soffitto.

«A me pare fermo...» commentò Leo.

«Purtroppo hai ragione! Non avrebbe senso attivarlo senza le Lacrime della Luna! Ma ora andiamo, dobbiamo sbrigarci!»

Usciti dal laboratorio, videro a poca distanza una colonna non molto alta. Avvicinandosi, si accorsero che vi era una figura imprigionata, avviluppata in una rete dura e vischiosa.

«Accipicchia, è terribile! Ma chi è? Come fa a respirare?» chiese Ginny cercando di trattenere un grido di spavento.

Si intravedeva una figura femminile, due occhi chiari sbarrati a fissare il nulla, e lunghi capelli d'argento attorcigliati in una trama fitta e scura come un groviglio di tentacoli neri e appiccicosi.

«È Ebishíris, la fata custode dello Scrigno, di cui vi ho parlato. Senza di lei non siamo in grado di agire, ma il materiale delle reti di Azimur è ora talmente resistente che non è possibile liberarla. Per questo siete qui. Occorre un aiuto esterno e questo aiuto siete voi!»

Non aveva ancora finito di parlare che vide dirigersi verso di loro alcune creature. Ne contarono una ventina. Non più alti di uno sgabello, avevano orecchie bianche appuntite e pelose come conigli, mani con tre dita, piedi lunghissimi coperti da calzari fatti di foglie. Due occhi tondi e grandi come palle da tennis spiccavano nei loro visi affilati. Sopra i capelli, di un biondo paglierino, portavano piccoli copricapi, azzurri o rosa. Sembravano tutti molto tristi.

Uno di essi, staccandosi dal gruppo, si avvicinò loro. Il suo abito era più scuro di quello degli altri Ebiniani e portava al dito un anello che sprigionava una luce intermittente di colore rosa intenso, simile a quello di Helas, ma più grande e più luminoso. Aveva un aspetto austero, uno sguardo astuto e i suoi occhi si muovevano velocissimi, come se dovesse tenere qualcosa sotto controllo.

«Benvenuti a Ebilandia!» li accolse in tono fin troppo caramelloso.

«Ebidisi, sono così felice di rivederti!» esclamò Helas, abbracciandolo.

Lui lo ricambiò, ma non con lo stesso calore. I suoi occhi roteavano rapidi e nervosi e quando si muovevano sprigionavano una lieve luce giallognola. Sembrava attendesse qualcuno e temesse di farlo vedere.

Rivolgendosi ai bambini, allungò loro la mano dicendo: «Lascia ora che mi presenti ai nostri giovani eroi, Helas. Come avete appena appreso, mi chiamo Ebidisi e sono il luogotenente del re degli Ebiniani, alleati dei sogni e da sempre fedeli a Dynowish. Siamo in grave pericolo! Il nostro re, Ebinio, è molto ammalato a causa di ciò che è accaduto allo Scrigno dei Sogni. Era già alquanto provato, data l'età. Ha da poco compiuto mille anni e ogni emozione risulta traumatica: quello che è accaduto a Ebishíris lo ha aggravato ulteriormente. Per liberare la nostra cara custode occorre che le Lacrime della Luna tornino a riversarsi nello Scrigno. Ma vi spiegherà tutto il re in persona. Seguitemi ora, presto!».

In quel momento gli si avvicinò una delle guardie. Ebidisi si allontanò di qualche passo, tirò fuori un piccolo involucro che teneva sotto il mantello e poi, rapido, la congedò.

Helas lo prese quindi sotto il braccio e i due si incamminarono verso il castello, impegnati in una serrata conversazione.

«Sembra un tipo un po' losco!» sussurrò Ginny trattenendo indietro il fratello.

«Ora ti ci metti proprio tu sorellina a fare Sherlock Holmes? Ma se sei sempre tu a prendermi in giro per questo... Uffa! Guarda! Accidenti quanto siamo rimasti indietro! Sbrigati ora, altrimenti rischiamo di perderli!» la rimbrottò Leo, affrettando il passo.

Un sentiero in salita si inerpicava verso il palazzo reale. Camminarono per un po' fin quando, a un cenno di Ebidisi, si fermarono.

All'improvviso, di fronte a loro si materializzò un'enorme porta decorata con fiori e foglie. Due guardie la presidiavano ai lati. Avevano le fattezze di due alberi e, dalla descrizione che aveva fatto loro Helas, dovevano essere due Turxin.

«Sì, sono Turxin... Ma loro sono dalla nostra parte!» li rassicurò lui, dopo aver notato le espressioni sorprese dei bambini.

Ebidisi annuì con un sorriso indecifrabile.

«Esatto, non dovete temere, cari!» confermò, lanciando ancora strane occhiate in giro, o almeno così parve a Ginny.

Oltrepassata la soglia, si trovarono all'interno di una sala circolare. Un tintinnio di bicchieri e una musica celestiale fece aprire lentamente le grandi finestre. Le pareti si misero a girare a ritmo di musica come un carrillon, cambiando continuamente colore e decorazioni. Quando tutto si fermò, una grande porta lucida, decorata con gemme scintillanti, si aprì lasciando i bambini letteralmente a bocca spalancata.

Li accolse una stanza di dimensioni gigantesche, tappezzata di immagini meravigliose che emettevano profumi inebrianti al loro passaggio. Il soffitto, di un'altezza vertiginosa, ospitava lampadari scolpiti in un materiale che sembrava gelato. Tutto era animato: i divani, le sedie e i tavoli, come molti altri oggetti, volteggiavano in aria.

Un vassoio fatto di fiori intrecciati dette loro il benvenuto, porgendo ai bambini bibite ghiacciate, cioccolato, biscotti e caramelle di ogni tipo. Ginny e Leo ne afferrarono qualche manciata riempiendosi le tasche. Dovevano essere fatte di ingredienti speciali, non avevano mai mangiato nulla di simile.

Intanto, molti Ebiniani si muovevano indaffarati a destra e a sinistra. Al passaggio dei bambini, si fermavano a guardarli incuriositi, bisbigliando tra loro.

Giunti alla porta del re, trovarono ancora altri due Turxin vigilare in silenzio. Ebidisi con un gesto di rassicurazione, invitò subito i tre a entrare.

La stanza era avvolta nella penombra. Pesanti tende oscuravano la luce, che filtrava a stento dalle fessure.

«Venite, avvicinatevi!» li incoraggiò il re con un filo di voce. Era disteso su un enorme letto, avvolto in coperte tessute con petali di fiori. La testa, incorniciata da folti capelli bianchi, era adagiata su cuscini che sembravano soffici come nuvole. Il suo viso appariva molto sofferente. Li fissava con i suoi grandi occhi color nocciola che faticava a tenere aperti. Sulla mano che teneva sopra la coperta brillava un grande anello, dal disegno simile a quello di Ebidisi, che emetteva una luce molto fioca, come se stesse quasi per spegnersi.

«E quindi voi sareste i famosi Ginny e Leo! Dynowish mi ha parlato molto di voi e della vostra avventura per salvare i sogni: siete stati molto coraggiosi. È un piacere incontrarvi di persona. Avete già fatto tanto per i sogni, ma abbiamo ancora bisogno di voi!»

Ginny iniziò a parlare per prima.

«Sire, siamo pronti a fare tutto ciò che ci ordinerete!»

«Grazie, mia cara. Sono certo della vostra lealtà e coraggio. Immagino che siate già al corrente di quanto è accaduto...» rispose il re, quando un violento accesso di tosse lo interruppe impedendogli di proseguire. Due Ebiniane che indossavano uniformi bianche da infermiera si materializzarono in un attimo ai lati del letto, offrendogli uno sciroppo maleodorante e un po' d'acqua che il re rifiutò con un gesto autorevole della mano, congedandole.

Si alzò quindi a sedere come per aiutarsi a respirare meglio.

«Vi trovate in un luogo inaccessibile agli umani. Al vostro arrivo, avete visto la piazza con al centro lo Scrigno dei Sogni privato della sua essenza vitale. Abbiamo già dovuto affrontare alcune difficoltà in passato ma nessuno, prima d'ora, aveva mai osato compiere un simile oltraggio! Ora, purtroppo, non siamo più in grado di svolgere la nostra missione.

Tutto è precipitato proprio una mattina di alcuni giorni fa quando abbiamo trovato Ebishíris intrappolata in quella rete appiccicosa. Non capiamo come sia accaduto. I sistemi di sicurezza del nostro villaggio sono da sempre inviolabili: nessuno può entrare senza permesso e sprovvisto dell'anello. Escludo il tradimento da parte di uno dei nostri. Da generazioni proteggiamo lo Scrigno dei Sogni e viviamo per esso: la nostra stessa vita dipende dal suo funzionamento...» un colpo di tosse lo interruppe di nuovo e, questa volta, accettò l'acqua offertagli. Poi, facendosi forza, riprese a parlare: «Ma ora ciò che importa è liberare subito Ebishíris, Dynowish e i loro compagni. C'è un solo modo, anche se è molto rischioso: ridare vita allo Scrigno dei Sogni. Dovrete recarvi immediatamente nella radura degli Alberi della Luna, il cui intero perimetro è pattugliato da Azimur e dai suoi scagnozzi. Per sbloccare i condotti che si collegano allo Scrigno occorre entrare attraverso l'ingresso, che si trova nell'albero più maestoso, e poi salire dove le

Lacrime vengono incanalate. Troverete dei condotti bloccati e dovrete liberarli, permettendo alle Lacrime di fluire di nuovo al loro interno. Solo in questo modo lo Scrigno riprenderà vita e saremo tutti salvi!».

Il re chiamò un valletto, che si affrettò al suo fianco porgendogli una voluminosa scatola di legno intagliato, decorata con pietre luminose. Ginny diede un colpetto a Leo.

«Non ti ricorda il libro che Aschemius ha regalato a Mizuar?» sussurrò lei.

Il fratello le fece cenno di tacere. Si era accorto che nella penombra qualcuno li stava fissando.

Alle spalle del letto, c'era infatti una giovane Ebiniana. Doveva avere pressappoco la loro età. Era molto graziosa, aveva capelli lunghi e biondi intrecciati con ghirlande di fiori, occhi grandissimi che alla luce diventavano rosa. Era avvolta in abiti preziosi e indossava una corona luminosa, adorna di pietre bellissime di cui una al centro, più grande e brillante delle altre, era intagliata in modo da assomigliare a un fiore. Sotto di essa ne spiccava un'altra, a forma di seme, che sprigionava una luce rosa.

«È la principessa Ebilinia!» sussurò loro Helas.

Lei con grazia si avvicinò al letto, prese la scatola dalle mani del re e disse con voce affettuosa: «Padre, la prendo io ora. È troppo pesante per voi!».

«Grazie mia cara!» le sorrise lui con dolcezza. «Ti prego spiega tu di cosa si tratta, sono molto stanco».

La principessa si rivolse quindi ai bambini: «Ginny, Leo, vi prego di indossare subito questi braccialetti. Hanno numerosi poteri, ma vi serviranno soprattutto per riconoscere i vostri nemici, anche quando sono camuffati. Premendo il pulsante che hanno al centro, emetteranno una luce speciale con la quale identificarli. Questo, invece, è un ramo che proviene dalla pianta da cui è stato scolpito lo Scrigno. Non appena le Lacrime della Luna lo riconosceranno ne verranno immediatamente attratte e sarà più semplice per voi liberarne il flusso. Infine, ecco qui la mappa su cui sono rappresentati tutti i regni, sconosciuti a voi umani, che fanno parte della Terra dei Sogni».

Così dicendo, l'aprì per mostrargliela. Era una strana pergamena di colore arancione sbiadito, di un materiale diverso dalla comune carta. La principessa appoggiò il dito su un punto della mappa e questo si illuminò e si ingrandì fino ad assumere una dimensione reale, consentendo di vedere il luogo come un'immagine tridimensionale e perfino di camminarci all'interno.

«Che meraviglia!» esclamarono Ginny e Leo in coro.

«Con questa sarà impossibile perderci!»

«Vedete? Qui al centro si trova Ebilandia, vicino agli Alberi della Luna. Tutti gli alberi sono connessi fra loro. Solo il più antico è collegato allo Scrigno» disse, mentre davanti a loro ne apparve uno maestoso, che irradiava una luce più intensa degli altri. «Questa è la Porta Oniris: da qui dovrete entrare e salire le scale fino in cima. Lì troverete i condotti che consentono alle Lacrime di dirigersi direttamente al suo interno. E ricordate: la vita dei sogni è nelle vostre mani!» concluse, porgendo loro la mappa.

Intanto, il re taceva. Sembrava sopraffatto dallo sforzo.

I bambini ringraziarono e indossarono subito i bracciali, che emettevano una luce azzurra.

Ginny prese la mappa e iniziò curiosa a esaminarla.

«Posso tenerla io?» chiese Leo rivolgendosi alla sorella. «Lo sai che non perdo mai niente!»

Ginny gliela porse: si fidava più di lui che di sé stessa per queste cose, e Leo se la infilò svelto in tasca.

Helas prese invece il ramo, che nelle sue mani si rimpicciolì tanto da poter entrare nella borsa che portava a tracolla.

«Buon viaggio bambini!» disse il re, e socchiuse gli occhi. Era il suo saluto.

«Grazie maestà, partiremo immediatamente!» risposero i bambini in coro.

Si inchinarono poi di fronte alla principessa, che li ricambiò con un sorriso e un gesto della mano.

Ginny intanto si guardava intorno per vedere dove fosse finito il luogotenente del re. Era sparito per un po' e ora era riapparso vicino alla porta. Teneva tra le mani un piccolo fagotto, simile a quello che poco prima aveva consegnato alla guardia, e lo infilò di nuovo sotto alla tunica. Poi, avvicinandosi ai tre, li indirizzò verso l'uscita.

«Andiamo!» li invitò con la sua solita voce melliflua.

«A me questo tizio non piace affatto!» ripeté Ginny storcendo il naso.

«Ancora con questi sospetti...» sospirò Leo, alzando gli occhi al cielo. «Meglio affrettarci, c'è una missione da compiere!» la sollecitò, tirandola energicamente per la mano.

In breve erano di nuovo nella piazza dove si trovavano le loro slitte.

Gli Ebiniani si erano ora raccolti ancora più numerosi intorno alla colonna, e portavano fiori e messaggi a Ebishíris. Non appena videro Helas e i bambini ritornare, si avvicinarono.

«Come sta il re?» chiese una di loro, rivolgendosi a Leo. Era più piccola degli altri di statura, e molto graziosa. Lui spavaldo le rispose: «È molto stanco, ma starà meglio fra poco! Andiamo a liberare le Lacrime della Luna e torniamo subito!».

Salì quindi sulla slitta con un balzo, ma sbatté violentemente il ginocchio. Avrebbe voluto urlare dal dolore, ma si morse un labbro cercando di trattenere le lacrime. Non si sentiva più così tanto sicuro. Con un sorriso forzato li salutò: «A presto allora!».

«Evviva i nostri eroi!» gridarono tutti gli Ebiniani in coro. «Che le Lacrime della Luna vi proteggano!»

E poi, tutti insieme all'unisono, recitarono la frase magica di Dynowish.

«Se nei sogni fede avremo, sempre li realizzeremo!»

Helas sollevò la mano sulla quale portava l'anello e, a un segnale di Ebidisi, lo puntò verso l'esterno. Una luce illuminò di rosa il muro grigio, che si aprì consentendo loro di uscire.

Leo si voltò per un attimo. Alle sue spalle, le luci calde e colorate che li avevano accolti si stavano dileguando come un sogno d'estate.

In un battere d'ali, i tre erano di nuovo all'esterno della bolla, nel bel mezzo dell'infuriante tempesta.

CAPITOLO 11

Gli incubi di Azimur

Di nuovo soli nel buio della notte, a cavallo dei loro velocissimi mezzi di trasporto, i tre si destreggiavano tra un intrico di rami tenendo d'occhio la mappa. Il vento infuriava, schiaffeggiando i loro volti con dita ghiacciate, mentre alberi imponenti si ergevano come colonne a ostacolare il loro cammino, costringendo le slitte a lottare come navi in un mare in burrasca. Tracciarono una curva, poi un'altra, incuneandosi in passaggi che si facevano sempre più stretti e oscuri. Dopo l'ennesima svolta, le slitte rallentarono fino a fermarsi di colpo.

«Ginny, Leo, ricordate che fra le guardie si celeranno molti nemici e alcuni di loro saranno irriconoscibili. Possono essere ovunque, nella foresta. È importante che utilizziate i vostri bracciali, vi aiuteranno a distinguere se si tratta di alberi veri o di Turxin camuffati!» ricordò loro Helas.

I bambini li puntarono immediatamente intorno a loro, per verificare che il luogo fosse libero.

Quindi Ginny disse: «Leo, fermati un attimo. È meglio verificare la nostra posizione sulla mappa prima di proseguire!».

Lui la estrasse dalla tasca e i tre controllarono il percorso.

«Perfetto!» disse Helas. «Ora proseguiamo in quella direzione, verso il Bosco dei Pini Silenziosi e in breve saremo a destinazione!»

Le slitte ripresero veloci il cammino, schivando la tempesta. In pochi minuti giunsero agli Alberi della Luna: si sorpresero di non aver incontrato ostacoli e per questo si sentivano a disagio.

«Ho la sensazione che qualcuno ci stia spiando» disse Ginny sottovoce.

«Sembra anche a me!» confermò Leo.

Avanzavano piano, guardandosi intorno con circospezione. Azionavano continuamente il bracciale, che non segnalava nulla di sospetto. Atterrarono in una radura e scesero dalle slitte.

«Ecco, ci siamo, questo è il punto indicato dalla principessa. Dobbiamo entrare in quel tronco!» disse Helas indicando un albero che, al centro, presentava una spaccatura a forma di porta. Riaprirono la mappa per accertarsi di essere nel punto preciso e lessero "Porta Oniris". Era l'ingresso. Lo varcarono svelti.

Davanti a loro apparve un'enorme stanza completamente vuota, circondata da tronchi maestosi e massicci. Sulla sinistra si vedeva soltanto una scala a chiocciola scolpita nel legno di una parete.

«Da questa parte, svelti, prima che qualcuno si accorga di noi!» sussurrò Helas dirigendosi verso di essa.

«I tronchi sono a posto, ho verificato!» li rassicurò Leo mentre puntava il bracciale in tutte le direzioni.

Gli scalini erano smussati e piuttosto lisci. Nel silenzio, si udiva solo un lieve gorgoglio, come se del liquido scorresse in una stanza sopra di loro.

Salirono la stretta scala più in fretta che poterono. Sentivano nelle gambe la fatica di quegli interminabili gradini, ma proseguirono sempre più in alto, senza fermarsi, finché non giunsero in cima.

Entrarono così nel luogo dove venivano convogliate le Lacrime della Luna. Una stanza rotonda, con pareti ben levigate, dal cui centro si diffondeva un bagliore pulsante, chiaro e argenteo come quello della luna. Un liquido fluiva in un contenitore azzurrino, per poi scendere attraverso tubature di legno chiaro e liscio come metallo, disposte in circolo.

«Come facciamo a sapere qual è il canale che deve essere liberato?» chiese Ginny.

«Guarda! Questo è stato chiuso! E anche questo... e pure questo!» notò Leo.

Si accorsero che soltanto uno di essi era in funzione ed era diverso dagli altri: di colore scuro e di un materiale simile a quello che teneva intrappolata Ebishíris.

«Ecco la deviazione realizzata da Azimur!» osservò Helas.

Leo tirò fuori all'istante il suo coltellino per liberare uno dei canali ostruiti praticando tagli netti e precisi, mentre Helas estrasse dalla sua borsa il ramo che il re aveva consegnato loro. In un attimo, il liquido deviò cambiando direzione. Proprio allora, un lieve fruscio li fece sobbalzare. Si guardarono intorno, ma di nuovo un silenzio minaccioso riempì l'aria.

Non fecero in tempo a sbloccare altre tubature e a neutralizzare quella di Azimur che si videro circondati.

Decine di occhi gialli e luminosi li fissavano. Nascoste nella penombra, si intravedevano delle sagome simili a enormi rettili, con busti flessuosi e mobili ricoperti di squame colorate.

«Oh, no! Com'è possibile? Gli Arrowhead!» esclamò Helas.

«Non può essere, i nostri bracciali non li hanno segnalati!» rispose Ginny.

«Hai ragione, ora che li guardo meglio, non sono loro! Gli occhi mi sembravano gli stessi, ma non hanno le piume e sono molto più grandi...» rispose Helas.

Il più robusto fra loro si avvicinò e iniziò a parlare, sibilando.

«Vi aspettavamo. Azimur era certo che sareste venuti, prima o poi. Il suo piano ha funzionato, come sempre. Eh, eh! Ora che siete qui, non ne uscirete vivi. Legateli immediatamente!» ordinò a un gruppo dei suoi.

In pochi istanti, i tre furono circondati e saldamente legati a un tronco.

«Bene, ora siete immobilizzati. I vapori che respirerete vi faranno cadere in un torpore dal quale non potrete più svegliarvi. I nuovi incubi creati da Azimur sono micidiali, e sarà lui a decidere quale sarà la vostra fine. Ah ah!» li minacciò, concludendo con una risata diabolica.

Poi, rivolgendosi a quello più alto fra loro e che doveva ricoprire un ruolo di rilievo, ordinò: «Tu! Raduna gli altri e andate a sorvegliare le postazioni. Io rimarrò qui finché non si addormenteranno. A quel punto, vi raggiungerò alla base! Dormiranno fino all'arrivo di Azimur, sono curioso di vedere cosa li aspetta!».

La truppa si congedò e abbandonò la stanza.

Helas subito si rivolse al loro guardiano, chiamandolo per nome: «Salve Sinessu! Come sta Sanris?».

«Helas, vedo che il tuo acume non ti ha abbandonato! Mi hai riconosciuto subito... Buon per te, ma ora taci, non ti è consentito parlare!» rispose senza guardarlo, con una voce melliflua che a Ginny non parve nuova.

«Non ti sembra simile alla voce di quel luogotenente di Ebilandia?» bisbigliò la sorella all'orecchio di Leo.

«E anche se fosse? Mi sembra tutt'altro tipo: grande, grosso, viscido e cattivo!»

Intanto Helas, ignorando il divieto, proseguì: «Eravamo buoni amici, ricordi?».

«Taci, ti ho detto!» lo aggredì Sinessu e, con un gesto violento, scagliò contro di loro una sostanza grigia e appiccicosa che li avviluppò ancora più stretti.

Ma Helas, imperterrito, proseguì il suo ragionamento come parlando fra sé: «Non capisco come mai non vi abbiamo potuti intercettare...».

«A questo punto te lo posso anche spiegare, Helas!» rispose quindi Sinessu, spazientito. «Le Lacrime della Luna sono prodigiose! Azimur non le ha usate solo per creare incubi, mascherandoli da sogni, ma con esse è riuscito anche a modificare il nostro DNA. I vostri bracciali ci possono riconoscere solo quando siamo Arrowhead, se invece ci trasformiamo in serpenti diventiamo irriconoscibili».

Così dicendo, tornò ad assumere le sembianze di un Arrowhead.

«Ti preferisco così, Sinessu!» disse Helas.

«Non sono più chi hai conosciuto. Ora la mia forza è enorme, i miei poteri immensi! E questo non è che l'inizio. Da poco abbiamo individuato i veri poteri di questa sostanza e io, in tutti questi anni, non ho atteso passivamente. Ho studiato gli alfabeti occulti e scoperto molti segreti. Vedrete accadere molte cose che non potete nemmeno immaginare. Ma che sciocco che sono, dimenticavo: ben presto non vedrete proprio un bel nulla... Azimur ha in serbo una bella sorpresa per voi! Ah, ah!» si interruppe con un gesto eloquente.

«Sei sempre stato ambizioso, Sinessu... Ma verso il bene, credevo!»

Le sue parole uscivano a stento ormai. Si stavano tutti addormentando.

Non appena Sinessu si fu allontanato, Leo mormorò: «Per fortuna... non si sono accorti dei fori che ho fatto! Una parte delle lacrime è ora... convogliata nel villaggio. Speriamo che siano sufficienti... e che gli Ebiniani ci possano aiutare prima che giunga... Azimur!».

«Me lo auguro... anch'io...» sussurrò Ginny, che non riusciva più a tenere gli occhi aperti.

In breve, furono tutti profondamente addormentati.

CAPITOLO 12

Il sonno interrotto

Nel frattempo, all'interno della casa nel bosco, tutti dormivano ancora.

Joy, era rimasta in cucina quando i bambini avevano raggiunto gli amici al lago. Dopo averli attesi a lungo, non vedendoli rientrare si era avventurata alla loro ricerca, sfidando la tempesta. Grazie al suo fiuto eccezionale, non le fu difficile individuare il rifugio. Quando lo raggiunse, però, nessuno la udì abbaiare.

Perlustrando attentamente intorno alla casa, si accorse che una delle finestre era socchiusa e l'abbondante neve caduta l'aveva ormai raggiunta. Con un agile balzo, si ritrovò sul davanzale dove una delle foglie di Helas sbucava da sotto la neve. Riuscì a liberarla e la prese tra i denti delicatamente per non danneggiarla. Si ricordava quanto le foglie fossero state preziose durante il loro primo viaggio e ne conosceva il potere magico. Ma solo chi credeva veramente nei sogni era in grado di utilizzarle. Entrò quindi svelta nella casa.

Guardandosi intorno, vide che dormivano tutti, e si accorse immediatamente che Ginny e Leo erano scomparsi.

Quando scorse Massinur sul tavolo grazie al suo fiuto lo riconobbe subito, ma fu molto sorpresa di vederlo così cambiato. Gli si avvicinò dicendo: «Salve Massinur, ti ricordi di me? Sono Joy, puoi dirmi cosa ti è accaduto?».

«Ben arrivata! Sono molto felice di rivederti. Un incantesimo di quel dannato Azimur mi ha ridotto così ed è anche riuscito a intrappolare i miei, ma presto gliela farò pagare, non dubitare!» rispose lui con rabbia.

«Ho urgente bisogno del tuo aiuto. Ginny e Leo sono in pericolo, ne sono certa! Voglio subito raggiungerli, ma non posso andare da sola a cercarli, ho bisogno che i bambini vengano con me per aiutarmi».

La cagnetta non poteva parlare con gli umani, ma grazie a un incantesimo di Dynowish nella sua precedente avventura era ora in grado di comunicare con le creature magiche, e la sua astuzia era centuplicata.

Il ragno, senza chiedere altro, scese rapidamente dal tavolo e si diresse verso Maryam. Cercò di farle alzare le palpebre con le zampe affinché la foglia potesse rilasciare la sua magia. Appena riuscì ad aprirle leggermente, la cagnetta vi mise la foglia davanti e la bambina si svegliò di soprassalto, urlando: «Ancora tu, orribile ragnaccio!».

«Frena la lingua bimba! Ora mi vedi piccolo, ma fra poco tornerò alle mie solite dimensioni e non credo che ti farà piacere avermi contro!» la apostrofò Massinur con tono aggressivo.

Il ragno aveva ripreso parte dei suoi poteri e riusciva di nuovo a parlare la lingua degli umani.

«Mi bastano queste dimensioni, a dire il vero! Piuttosto, vedo che parli discretamente bene. Non sei poi così male, in effetti. Ma i peli sulle zampe li taglierei più corti, fanno il solletico. Per il resto sei davvero una bellezza... Come ragno ovviamente!» mentì la bambina, cercando di rabbonirlo.

Massinur si voltò senza degnarla di risposta e riprese la sua posizione sul tavolo, per controllare gli altri.

Joy iniziò ad abbaiare, tirando Maryam per i pantaloni: «Ho capito Joy, arrivo!» le rispose.

Poi, parlando fra sé e piagnucolando disse: «Ragni parlanti, impronte di neonati con scarpe da neve, reti appiccicose che scompaiono, io che parlo con un cane... Che cosa ci sarà ancora di bello da scoprire?».

Vide che tutti dormivano ancora, ma si accorse con terrore che Ginny e Leo non erano più lì. Provò senza successo a svegliare la sorella e infine si diresse verso Haya e Suheil. Prese la foglia, emulando quanto aveva fatto Joy con lei, ma tutti i suoi tentativi furono inutili. Si girò quindi costernata lasciando cadere per terra la foglia che Joy, subito, recuperò con un balzo.

«Cosa posso fare io, sola, con un piccolo barboncino come te?»

Si sentiva debole e inadeguata, con il cuore che tamburellava come impazzito.

Maryam non era una bambina molto avventurosa, ma le era chiaro che qualcosa di grave era accaduto ai suoi amici. Non si sarebbe mai tirata indietro. Raddrizzò la schiena con un gesto deciso.

Joy si mise a mugolare e scodinzolare per farsi seguire fino alla finestra, porgendole la foglia magica che teneva ancora in bocca.

Appena Maryam afferrò la foglia, entrambe si rimpicciolirono.

Apparve subito, anche per loro, una slitta che le accolse facendo l'occhiolino. Un delicato viso femminile era intagliato nella parte anteriore e, muovendo le labbra, le esortò: «Salite, presto! Sono pronta».

«Fantastico!» disse con sorpresa la bambina. «Ora, slitte parlanti! Non si scherza da queste parti!»

La sua voce era come una corda di violino sul punto di spezzarsi. Cosa la aspettava, salendo? Non ci volle pensare troppo e, con un agile balzo, si accomodò sul sedile. Era soffice e foderato di morbide coperte.

Partirono a velocità supersonica e Maryam strillò: «Ma questa slitta è impazzita? Così cado! Aiuto!».

In un istante si zittì di nuovo, intenta com'era a tenersi con tutte le sue forze alla barra davanti a lei. Farsi trasportare senza cadere era un'impresa ciclopica e le sembrò un'eternità arrivare alla radura degli Alberi della Luna. La slitta si fermò.

La bambina balzò giù come un fulmine, grata che la neve si trovasse ancora lì, sotto i suoi piedi. Ma quella gioia durò ancor meno di un battito di ciglia. Un fruscio la fece sobbalzare. Tese i muscoli e si guardò intorno. Il silenzio era totale e si accorse che, in quel luogo, la tempesta era del tutto cessata. Intorno a loro, enormi alberi bianchi e leggermente fluorescenti si disponevano a cerchio. Maryam non aveva idea di che luogo fosse.

«Adesso cosa facciamo? Dove siamo finite?» si lamentò.

Joy le fece un cenno con il capo e Maryam la seguì borbottando tra sé: «Prima un incubo orrendo e poi eccomi qui, nel bel mezzo dei peggiori pasticci in cui mi sia mai cacciata! Lo sapevo che non dovevo dare retta a Haya, sempre a caccia di guai...».

Emise un profondo sospiro, scosse la testa e seguì Joy dentro l'apertura che si scorgeva in uno dei tronchi, proprio di fronte a loro. Assomigliava più allo sbadiglio di una bocca mostruosa che a una porta, pensò. Appena entrate, la cagnetta si diresse in fondo alla grande stanza ovale e salì su per la scala a chiocciola. Maryam la imitò, in silenzio.

Giunsero nel luogo dove confluivano le Lacrime della Luna e all'improvviso si trovarono di fronte Ginny e Leo, insieme a una creatura a lei sconosciuta che assomigliava a una palla di neve. Erano saldamente legati a uno dei tronchi della stanza, profondamente addormentati.

Joy, con un salto, sfilò con la bocca la foglia magica che sbucava dalla tasca di Maryam. Le si parò di fronte mostrandogliela, per suggerirle di usarla esattamente come Massinur aveva fatto con lei.

In breve, tutti furono svegli.

«Maryam, Joy! Cosa ci fate qui?» le accolse Ginny, liberandosi e avvolgendole in un forte abbraccio. «Non sono mai stata così felice di vedervi, ve l'assicuro!» aggiunse con un sorriso.

«Ma come avete fatto ad arrivare fin qui?» chiese Leo, sorpreso quanto lei di rivederle.

«Una lunga storia di un ragno antipatico e orrendo, di questa foglia magica, di una slitta parlante... Cose così!» si compiacque lei con il tono da sbruffona.

Helas li interruppe: «Svelti, dobbiamo lasciare questo luogo il prima possibile! Gli Arrowhead potrebbero tornare da un momento all'altro. Non abbiamo un solo istante da perdere!».

Leo, intanto, si era avvicinato ai tubi in cui scorrevano le Lacrime della Luna. Il liquido defluiva ora veloce nel punto che era stato riaperto, e il colore del legno era di nuovo chiaro e luminoso.

«Datemi solo un istante, voglio provare ad aprire un altro canale. Meglio liberarne il più possibile finché siamo qui».

Così dicendo, estrasse il suo coltellino e, rapido e preciso come un esperto chirurgo, praticò dei fori circolari.

Helas gli si avvicinò.

«Non abbiamo il tempo di aprirli tutti! Spero che quanto hai fatto finora sia sufficiente. Ora avvicinatevi a me, così l'anello degli Ebiniani ci renderà invisibili!»

Pronunciò alcune parole magiche: «*Asfurrut Ascar Amat...*». Attese un attimo soltanto e ingiunse loro: «Seguitemi, senza fiatare!».

Maryam osservò le proprie braccia e le gambe, poi guardò gli altri.

«Scusi signor Palla di Neve, ma io *mi* vedo e *vi* vedo benissimo!»

«Mi chiamo Helas,» le rispose lui risentito «e sono il re degli Gnomi dei Ghiacci. Tra noi possiamo continuare a vederci, ma occorre fare assoluto silenzio, signorina, perché invece le nostre voci si possono ancora udire!» concluse Helas guardandola di sbieco e affrettandosi verso l'uscita.

«Grazie mio grande re!» sussurrò lei con eccessiva deferenza, per scusarsi di non averlo chiamato in modo corretto.

Lui scosse la testa anche più offeso di prima e, lanciandole un'altra occhiataccia, iniziò a scendere con cautela le scale. Tutti trattenevano il respiro.

Una volta fuori, Helas si posizionò velocemente alle spalle dell'albero dal quale erano arrivati, fece riapparire in un istante le slitte e disse, concitato: «A bordo, svelti! Azimur sarà già stato informato della nostra presenza e non tarderà ad arrivare. Voi bambini andrete con Joy alla casa nel bosco a raggiungere gli altri. La tempesta sarà ormai finita, quindi tornate subito tutti a casa. Appena sarete arrivati, andate in camera di vostra nonna. Dovrete cercare una borsa di pelle marrone con un manico intrecciato. È nascosta dentro un armadio. All'interno troverete una boccetta con le istruzioni da seguire. Io, invece, mi dirigerò a Ebilandia dal re Ebinio, e insieme cercheremo di liberare Ebishíris. Se tutto procederà secondo i piani, mi farò trovare sul vostro davanzale questa notte a mezzanotte precisa. L'incantesimo di Azimur sulla vostra casa è ancora molto forte e non potrò entrare. Dovrete essere pronti a partire. A presto quindi e ricordate sempre: '*Se alla meta punterete, sempre la raggiungerete!*'».

Ciò detto, salì sulla slitta in direzione di Ebilandia.

Ginny e Leo si guardarono inquieti. Di che borsa si trattava e, soprattutto, che cosa ci faceva in camera della nonna? Cercarono di richiamare Helas, ma purtroppo non fecero in tempo a girarsi che era già sparito nel fitto della foresta. Non restava altro che seguire le sue istruzioni.

I quattro salirono quindi sulle loro slitte e si dileguarono, un istante prima che arrivasse Azimur. Udirono però le sue urla rabbiose.

«Come avete fatto a lasciarli fuggire? Incapaci! Vi trasformo tutti in rospi se non li riportate qui immediatamente! Ma non è finita qui, marmocchi! Non mi sfuggirete».

Presto, però, furono troppo lontani per udire altro.

CAPITOLO 13

Il rientro a casa

Giunti a destinazione, Ginny, Maryam, Leo e Joy constatarono che la finestra era ancora socchiusa. Le piccole slitte atterrarono sul davanzale. Con un rapido balzo, i tre sgusciarono all'interno e si ritrovarono delle loro normali dimensioni.

Dal tavolo, Massinur vegliava immobile. Era molto ingrandito rispetto a quando lo avevano lasciato.

«Felice di rivedervi! A giudicare dalle mie lunghe zampe, direi che una parte della missione è riuscita: sono già cresciuto!»

Leo gli si avvicinò e lo aggiornò sull'accaduto.

«Capisco! Ma il grosso del lavoro è ancora da fare. Spero di poter presto liberare anche i miei compagni! È necessario che ci siano tutti, ora!» asserì serio.

«Meglio che tu ti nasconda adesso. Sei davvero enorme per essere un ragno normale!» disse Leo facendogli l'occhiolino.

Era infatti già molto più grande di una brocca e Leo non riuscì ad aiutarlo a nascondersi. Ma lui, velocissimo, si infilò sotto una poltrona.

«Quindi il ragno è dalla nostra parte! C'è speranza per tutti, anche per i mostri!» disse Maryam con un tono schifato. «Ma davvero diventa più grande di così?» chiese poi, rivolgendosi a Ginny.

«Oh, sì! Più grande di questa casa! Dovevi vederlo quando lo abbiamo incontrato la prima volta! Era gigantesco!»

Si sentì un rumore provenire da sotto la poltrona. Massinur si affacciò: aveva sentito.

«Sono lieta che lei sia dalla nostra parte, signore!» disse quindi Maryam, cercando di usare il suo tono più gentile. «La chiamerò *Superspider*! Le piace l'idea?»

In quel momento Massinur crebbe ulteriormente e Maryam non riuscì a reprimere un urlo di terrore.

«Ma perché sbraiti in questo modo? Ci vuoi spaccare i timpani? Non sarà ancora per quel povero ragnetto» sbadigliò Haya svegliandosi, mentre Massinur, nel frattempo, era di nuovo sparito. In un attimo si era alzata in piedi, con i capelli scompigliati che le nascondevano parte del viso, e iniziò a parlare, concitata.

«Non avete idea dell'incubo che ho fatto questa notte, incredibile! Pensate, ho sognato una signora vestita con un abito intessuto di petali color lilla, che aveva con sé una grande valigia dalla quale filtrava una luce pulsante. Dapprima era felice, e raccoglieva delle cose simili a sfere luminose, poi veniva avvolta completamente da qualcosa di nero. Sembrava una grande bolla scura e appiccicosa, che la intrappolava e la portava lontano. Emanava qualcosa di sinistro e provavo una sensazione di profonda angoscia. La donna inizialmente lottava per liberarsi, ma subito dopo pareva dormisse. Prima di venire sopraffatta chiamava qualcuno, un nome che aveva a che fare con un dinosauro. Iniziava con la lettera 'D', ma non ricordo con precisione!»

«E poi?» chiese Ginny, agitata. «Dove si dirigeva quella specie di bolla?»

Maryam la interruppe: «Incredibile! Ho fatto lo stesso incubo anch'io. La sfera si avvicinava al mare, trascinando la donna con sé...».

«Sì, esatto. La portava in un castello e alla fine del sogno la signora era dentro una stanza, seduta e appoggiata a qualcosa che non vedevo bene. Davanti a lei, aperta, la grande valigia vuota e, alle sue spalle, una porta rossa triangolare, chiusa con delle sbarre. Tutto intorno era buio e lei sembrava dormire!» concluse Haya.

Maryam per tutto il tempo annuì. Reem e Suheil si stavano svegliando.

«Una delle torri di Azimur!» esclamò Leo con sicurezza.

«Azi... chi?» chiese Reem frastornata.

«Ma di cosa state parlando?» seguì a ruota Suheil in un enorme sbadiglio.

«È una lunga storia, ve la racconteremo appena usciti di qui!» disse Ginny.

«Sì, sì! E io vi racconterò quello che mi è accaduto questa notte! Anche se potrebbe sembrare anch'esso un sogno...» si interruppe Maryam, pensierosa.

Nel frattempo, Leo aveva aperto un armadio che si trovava nella stanza vicino alla porta e ora brandiva una pala nelle mani, sollevandola in alto.

«Presto, ce ne sono altre! Prendetele anche voi e mettiamoci tutti al lavoro. Liberiamo l'entrata e scaviamo un varco nella neve. Si torna a casa!»

⚜ ⚜ ⚜

Non ci volle molto che furono di nuovo in cammino. L'aria non era troppo fredda, la tempesta del tutto cessata. Il sole splendeva come se nulla fosse accaduto. Sembrava fosse stato solo un brutto sogno. I bambini erano molto felici di poter rientrare.

Durante il tragitto, Ginny chiese agli amici: «Conoscete la storia dei sogni abbandonati?».

I bambini scossero la testa.

«Allora, ve la racconto io! È un po' difficile da riassumere, e forse anche da credere, ma ci proverò» disse inspirando profondamente, e cominciò a raccontare l'incredibile avventura dell'anno precedente.

Come preannunciato si stava dilungando troppo e così Leo la interruppe: «Non occorrono tutti questi dettagli ora, Ginny». Poi aggiunse, rivolgendosi agli altri del gruppo: «La cosa importante che dovete sapere è che la notte scorsa, con l'aiuto di Helas, il re degli Gnomi dei Ghiacci, siamo riusciti a liberare il flusso di buona parte delle Lacrime della Luna e a farlo confluire di nuovo nello Scrigno dei Sogni. Speriamo così di essere riusciti a salvare Dynowish e i suoi compagni. Ma non ne siamo ancora certi!».

«Se questa notte la missione di Helas a Ebilandia andrà a buon fine, ci raggiungerà a mezzanotte precisa!» aggiunse Ginny. «Come vedete, tutto è ancora da fare. Ma ci potrebbe servire anche il vostro aiuto per riuscire. Siete con noi?»

I bambini annuirono con convinzione.

«Ma cosa dovremmo fare di preciso?» domandò Haya, leggermente dubbiosa.

«La cosa più importante è che abbiate sempre fede nei sogni, è l'unico modo per salvarli davvero» cercò di rassicurarli Ginny. Poi si avvicinò a Leo e insieme svelarono agli amici la frase magica da tenere sempre a mente.

«Se nei sogni fede avremo, sempre li realizzeremo!»

Le voci di tutti i bambini la ripeterono all'unisono e, in quel preciso momento, sentirono chiamare in lontananza i loro nomi.

«Ginny, Leo...»

«Maryam, Haya, Reem... Dove siete, bambini?»

«Suheil!»

Un gruppo di uomini si stava avvicinando. Riconobbero subito il signor Jean, il nonno di Haya, un uomo distinto, anziano ma ancora vigoroso, il viso circondato da radi capelli bianchi. Era stato lui a organizzare la spedizione di ricerca. Lo seguivano Jim e suo fratello Gregory, con due grandi pale sulle spalle, e a poca distanza si vedeva Catrine, trafelata per la preoccupazione, una macchia di colore che cercava di farsi spazio nella neve. Quando si incontrarono, si abbracciarono tutti, sollevati dopo lo spavento per non averli visti tornare a casa. Il nonno di Haya iniziò a parlare per primo.

«Sono così felice di vedervi tutti sani e salvi, che ora non riesco nemmeno a sgridarvi. Ci avete fatto trascorrere la notte peggiore della nostra vita. Questa marachella poteva trasformarsi in qualcosa di molto grave!»

«Ma nonno, è stato un incidente, come potevamo sapere della tempesta? Cercavamo Joy e ci siamo persi nel bosco!» disse Haya lanciando a tutti un'occhiata d'intesa. «E poi, abbiamo salvato le preziose Lacrime della Luna!»

«Cara Haya, la tua fantasia è contagiosa. Mettiamola così. Forse avete salvato le lacrime della luna ma non le nostre, di certo!» disse stringendola forte.

Ginny, facendosi coraggio, domandò: «Perché la nonna non è qui con voi?».

Il signor Jean guardò Catrine turbato e le fece cenno di avvicinarsi.

«Purtroppo le comunicazioni sono state interrotte. Il ripetitore del telefono è crollato e la neve ha reso impossibile spostarsi. Ci vorranno ancora un paio di giorni perché tutto torni alla normalità. Ma di certo vostra nonna sta bene, non è la prima volta che deve affrontare una tempesta come questa. Sarà rimasta da Marianna e certamente tornerà non appena possibile. Immagino come starà in pensiero, poveretta! Ma molto meglio per voi, credetemi! Ah, sì, sì! Molto meglio... Chissà come si arrabbierà quando saprà cosa avete combinato!»

Ginny le sfoderò il suo più irresistibile sorriso, e la supplicò: «Dovremo proprio dirglielo?».

Catrine la strinse forte senza rispondere. La bambina ricambiò l'abbraccio, ma dentro di sé era davvero colpita da quella notizia. La nonna non era rientrata. Non aveva chiamato. La conosceva bene, anche a piedi avrebbe fatto la strada per tornare! Non era una persona che si scoraggiava facilmente. Avrebbe provato con una slitta, un cavallo...

Si avvicinò quindi al fratello mormorando: «C'è sotto qualcosa, Leo! Ora sono davvero preoccupata che la nonna possa trovarsi in grave pericolo».

Lui le prese la mano, e scosse la testa cercando di trattenere le lacrime.

Si abbracciarono seguendo gli altri verso casa, in silenzio.

Giunti al lago, incontrarono Zaina, Amir e Lea.

Amir si avvicinò ad Haya e chiese in tono canzonatorio: «Come sta il neonato con le scarpe da neve? Cammina ancora?».

«Aspetta di sapere cosa ci è capitato e non riderai più! Ti mangerai le mani per non essere venuto» sibilò lei stizzita, in un filo di voce.

Ginny e Leo rientrarono subito a casa. Erano esausti, gli ultimi due giorni erano stati intensi e difficili. Catrine si prese cura di loro: durante la giornata, lasciò che giocassero tranquillamente nel giardino di casa rimanendo tutto il tempo con loro. Quella sera, dopo averli fatti cenare con una zuppa calda e una buona torta di cioccolato, li mandò a letto presto, con un bicchiere di latte e miele.

«Nulla come un buon latte caldo per prevenire il raffreddore, ve lo garantisco io! Una bella dormita e domani sarete come nuovi!» disse abbracciandoli.

Non appena i bambini si ritrovarono da soli, si diressero immediatamente verso la camera della nonna, seguendo le istruzioni di Helas. Con grande disappunto si accorsero che la porta era stata chiusa a chiave.

«E adesso che facciamo?» chiese Ginny ansiosa.

«Potrei provare a smontare la serratura ma è arrugginita, poi non sarei più in grado di rimetterla a posto».

«Vuoi tentare con uno dei miei uncinetti?» lo incalzò lei, che non voleva rinunciare.

«No, non cambierebbe molto».

Catrine stava chiudendo le imposte delle finestre quando li vide nel corridoio.

«Che cosa fate ancora in giro? Non vi è bastata la marachella di ieri? Subito a letto se non volete che racconti tutto per filo e per segno alla nonna!»

Era davvero arrabbiata questa volta.

«Scusaci Catrine! Ci è venuto in mente che avremmo potuto trovare nella stanza della nonna una cosa che ci serve... » mentì Ginny.

«Faccio finta di crederci, ma ora non vi occorre altro che dormire. Filate di sopra, e subito a letto!»

I bambini si lanciarono su per le scale.

«Leo, hai qualche idea?» domandò Ginny, una volta chiusa la porta della loro stanza.

«Lo chiederemo a Helas quando arriva, magari con la sua magia potrà aiutarci!» ribatté lui sconfortato.

Si sedettero quindi sul letto per pianificare i prossimi passi.

«Ci conviene dormire un po'. Tra sole cinque ore ci raggiungerà Helas e dobbiamo farci trovare pronti. Metto la sveglia!»

«Non so tu, ma io sono proprio distrutto. Speriamo abbia qualche ora di ritardo!» farfugliò lui in un enorme sbadiglio.

«Ma cosa dici! Ti rendi conto? La nonna scomparsa, Chepi rinchiusa nella torre di Azimur e poi Dynowish, Agarth, Lady Uni e Tyrox intrappolati chissà dove... e tu pensi a dormire qualche ora in più?»

«Accipicchia, non si può nemmeno scherzare ora?» sbuffò lui, offeso.

Si distese quindi sul letto e, in un attimo, dormiva già.

Anche Ginny quella notte si addormentò prima del solito. Si infilò con un libro sotto le coperte, ma fu in grado di leggere soltanto poche righe. Presto cadde in un sonno profondo, agitato però da incubi sempre più angosciosi.

CAPITOLO 14

La trappola di ghiaccio

A mezzanotte precisa la sveglia suonò.

Biip... Biip...

Ginny si alzò di scatto per spegnerla velocemente. Non voleva rischiare di svegliare Catrine. Scese dal letto e provò a chiamare Leo: «Svegliati, su! È ora!».

Tutti i suoi sforzi furono inutili. Sembrava in letargo. Rinunciò e si volse verso la finestra per controllare se Helas fosse già arrivato. La notte era tranquilla, il cielo stellato, ma nessun segno della sua presenza.

«Ok, ok! Dormi ancora un po', pigrone!» si rivolse al fratello con una smorfia, ben sapendo che non la stava ascoltando. «Starò qui io ad aspettarlo!» Poi, a voce più bassa: «Beato te! Il mondo potrebbe crollare e tu riusciresti ugualmente a dormire come un sasso...».

Guardava intanto fuori con un certo nervosismo. Era trascorsa già un'ora, e ancora non si vedeva nessuno. Cominciava a preoccuparsi. Con l'intento di distrarsi, prese il libro che aveva lasciato aperto sul letto. Aveva iniziato un racconto, una storia fantastica. Lo aprì ma lo richiuse in un attimo. Afferrò il suo lavoro a maglia. Stava finendo una sciarpa per sua mamma. In qualche modo, il ticchettio dei ferri iniziò a cullarla, e le sue palpebre si fecero pian piano più pesanti. In breve cadde in un sonno profondo.

Era già mattina quando un bel raggio di sole, che si era fatto spazio attraverso i vetri della finestra, la destò di soprassalto.

«Leo... Leo, svegliati!» gridò. «Ci siamo addormentati! Helas sarà arrivato e noi dormivamo, ti rendi conto?»

«Veramente *tu* dovevi mettere la sveglia, e non l'hai fatto, non io!» rispose lui con tono risentito.

«Io? Certo che l'ho messa, e ti ho anche chiamato mille volte! Ho cercato perfino di farti sedere sul letto, ma sembravi un pupazzo di pezza!»

«E allora, come mai non hai visto Helas?» l'apostrofò lui.

«Ho aspettato sveglia per ore...» esagerò. «Ma poi mi sono addormentata mentre lavoravo a maglia!».

«Ah, ecco. Ti sei addormentata, e ora pretendi che sia tutta colpa mia».

Ginny di solito non lasciava cadere questo tipo di battibecchi perché voleva avere sempre l'ultima parola. Questa volta però era troppo esausta e optò per non litigare. Quindi, addolcendo la voce: «No, nient'affatto. Scusa, non mi sono spiegata bene. Ma il problema rimane. Dov'è Helas? Forse ha lasciato un messaggio, una foglia, qualche traccia? Guardiamoci in giro, presto!».

Dopo aver ispezionato il davanzale e ogni angolo della stanza, delusi tornarono a sedersi sul letto.

«Niente di niente!» disse lei. «Quindi non ce l'ha fatta? Magari è stato preso in trappola?»

«Pensavo la stessa cosa!»

«Facciamo colazione e poi escogitiamo un piano!» propose Leo che, come sempre, moriva di fame.

«Non cambierai mai, Leo!»

Scesero quindi in cucina. Catrine canticchiava allegra mentre sfornava uno dei suoi capolavori.

«Ginny, Leo, il mio buongiorno! La torta al cioccolato è pronta sul tavolo! Affrettatevi a mangiarla perché Joy pensa sia per lei, quella golosona!»

I bambini erano davvero affamati e, per un attimo, anche Ginny si dimenticò di Helas, di Ebilandia e di tutto ciò che stava accadendo. Non poteva resistere ai dolci. La torta era piena zeppa di cioccolato leggermente sciolto dal calore del forno, una vera squisitezza!

Erano ancora chini sul piatto e stavano assaporando l'ultimo boccone quando qualcuno bussò forte alla porta, risvegliandoli da quel momentaneo torpore.

Era Jim.

«Salve bambini, come avete trascorso la notte? Meglio di quella passata nel bosco?» ridacchiò tra sé.

Era un uomo di mezz'età, alto e muscoloso, con una folta barba bianca che lo faceva apparire più vecchio. Trascorreva molto tempo all'aperto, e il suo viso scuro e segnato ricordava ai bambini una vecchia borsa di cuoio che la mamma usava per raccogliere i loro giochi. Suo fratello Gregory possedeva un'officina in paese, dove talvolta andava per aiutarlo nel suo lavoro, anche se preferiva fare altro. La sua allegria e disponibilità lo rendevano amico di tutti in paese.

«Una tazza di caffè?» chiese Catrine, gentile.

«Non dico mai di no a un buon caffè, grazie! Sono in piedi da questa mattina all'alba per cercare di liberare la strada. Non ci aspettavamo un simile disastro! È vero che siamo in pieno inverno, ma sembra che il maltempo si sia accanito contro di noi quest'anno! Bando alle chiacchiere,» proseguì parlandole con il suo solito sorriso affabile «sono venuto fin qui per portarti un messaggio da parte di tua zia. Ha urgente bisogno di te!»

Ginny gli si avvicinò ansiosa: «Speravamo tu sapessi dirci se la nonna riuscirà a tornare oggi... Ne sai niente?».

«Non so piccola, non so...» rispose lui a disagio, aggrottando la fronte.

Catrine nel frattempo, versandogli il caffè gli chiese: «Già che sei qui, avresti tempo per liberare la macchina e poi metterla in garage? Ti avrei chiamato io questo pomeriggio!»

«Non ne ho molto a dire il vero, ma per te lo trovo sempre!» rispose lui con la sua solita disponibilità.

Catrine, ringraziandolo, tagliò un bel pezzo di torta e glielo mise davanti.

Si infilò poi il cappotto e, rivolgendosi ai bambini, disse: «Non fate sciocchezze mentre non ci sono, intesi? Vi lascio andare al lago a giocare ma a una condizione: all'una in punto voglio che siate a casa, per pranzo! Niente tramezzini o picnic per oggi, ne avete combinate già abbastanza. Se arrivasse la nonna e non vi trovasse a casa, i guai sarebbero miei!».

«Non ti preoccupare Catrine, non ci allontaneremo di certo!» risposero loro quasi in coro.

Appena fu fuori, i bambini indossarono svelti i cappotti e uscirono rapidamente di casa salutando Jim che stava ancora finendo il suo caffè. Chiusa la porta alle sue spalle, Ginny si fermò un istante a guardare nella direzione della loro camera.

«Leo seguimi, mi è venuta un'idea!» sussurrò dirigendosi sotto la loro finestra, e cominciò a ispezionare la zona. «Forse ieri notte Helas può avere lasciato qualcosa per noi sul davanzale, e poi magari è caduto con il vento» propose Ginny, continuando a guardarsi intorno.

«Non ci avevo pensato, ma mi pare un'ipotesi sensata!»

I due si diedero da fare per un po' fino a che, scoraggiati, si sedettero su un mucchio di neve che formava un sedile ben smussato e levigato. Il cumulo era piuttosto compatto e incurvato in modo tale da non far pensare a una formazione naturale.

«Piuttosto comoda la posizione di questo sedile. Se ci fai caso è rialzato e da qui si domina tutta la valle fino al lago. Chissà chi lo avrà realizzato!» osservò Leo, lanciando un ramoscello davanti a sé e cercando di centrare un buco che aveva scavato il giorno prima.

«Secondo me è stata la nonna, la notte in cui era vestita di tutto punto e ci ha mentito!» affermò Ginny alzandosi in piedi di scatto.

«La nonna? Di notte? E per quale motivo?» la guardò Leo incredulo, con tanto d'occhi sbarrati.

«Per sorvegliare il lago e la valle, appunto!» rispose.

«Ma per controllare cosa?»

«Io cerco di fare delle ipotesi sensate, di trovare indizi utili e tu invece mi fai solo domande? Nessuna idea intelligente, nemmeno per sbaglio?»

«Me n'è appena venuta una, ti piacerà: serve per assicurarsi che non si avvicinino dei ladri pericolosi...» sghignazzò soddisfatto Leo.

Ginny gli diede una spinta non tanto amichevole facendolo scivolare a terra, girò i tacchi stizzita e si incamminò di corsa verso gli amici.

Lui subito la rincorse urlando: «Ginny! Dai, scherzavo! Che permalosa...» ma la sorella, senza fermarsi, arrivò dritta dritta fino al lago.

Verso di loro venivano Zaina e Lea che subito li coinvolsero impedendo loro di continuare a discutere.

«Ragazzi venite, abbiamo trovato una cosa incredibile! Infilatevi i pattini e seguiteci!»

I due si prepararono e in un lampo erano pronti per pattinare con le amiche.

«Vi ricordate quel punto che vi avevamo mostrato l'ultima volta? Andiamo lì, svelti!»

Scivolarono via veloci e raggiunsero in breve il luogo indicato.

«Guardate lì, nel ghiaccio c'è una cosa che ieri non c'era!»

I bambini si avvicinarono e rimasero senza fiato. In trasparenza si vedeva chiaramente una borsa di cuoio marrone con il manico intrecciato. Poi, quasi all'unisono, esclamarono: «La borsa che cercavamo!».

«Perché, è vostra?» chiese Zaina, sorpresa. «E come è arrivata là sotto?»

«Vorrei saperlo anch'io!» replicò Ginny visibilmente preoccupata.

Intanto Amir, che era rimasto un po' indietro, da lontano li aveva visti pattinare. Li raggiunse trafelato e, non appena vide la borsa incastrata, provò immediatamente a estrarla con un coltello da cucina che aveva nel suo zaino.

«Amir, non è una buona idea. A parte la quantità di tempo che impiegheremmo, qui occorre uno strumento più adatto. Ma non possiamo farlo noi, è molto pericoloso: indebolendo il ghiaccio rischieremmo di caderci dentro!» disse Leo.

«Hai ragione, non ci avevo pensato! Io intanto ho qui le mie manette, casomai trovassimo il colpevole!» Amir voleva diventare un poliziotto, era da sempre stato il suo sogno, e spesso portava con sé delle manette vere con tanto di chiavi, regalategli per il suo ultimo compleanno da uno zio che condivideva con lui la stessa passione.

«Secondo me sarebbe meglio farci aiutare da qualcuno. Che ne dite di Jim? Era da noi poco fa, sta liberando dalla neve la macchina della nonna, e non dice mai di no».

Lea e Zaina si offrirono di andarlo a chiamare.

«No, penso sia meglio se andiamo noi. Non credo abbia già finito e così ne approfittiamo per verificare se si tratta proprio della borsa che stavamo cercando» disse Leo.

«Bene, io resterò qui, di guardia. Se arriva qualcuno di sospetto, ho le mie manette pronte!» esclamò Amir con decisione.

«A fra poco allora!» dissero gli altri e si allontanarono ciascuno nella proprio direzione.

CAPITOLO 15

Una boccetta misteriosa

In pochi minuti Leo e Ginny giunsero a casa, dove trovarono Jim ancora indaffarato a liberare la macchina dalla neve. Subito lo misero al corrente sul ritrovamento della borsa nel lago ghiacciato, e gli chiesero aiuto. Lui li rassicurò promettendo che, appena finito con l'auto della nonna, sarebbe andato sul posto a verificare. Si diressero quindi all'interno della casa: entrambi sapevano cosa cercare.

«Leo, forse è a causa della borsa che Helas non è potuto venire ieri notte? Sapeva che non l'avremmo potuta trovare!»

«Non è detto. Magari scopriamo che è ancora in camera della nonna. Speriamo che Catrine non sia già tornata, così possiamo cercare tranquillamente».

Fortunatamente in casa non c'era nessuno.

«Accipicchia Leo, ricordi? La porta è chiusa a chiave. Che cosa facciamo ora?»

Lui si avvicinò e osservò per un po' la serratura.

«Non posso smontarla, come ti dicevo ieri, alcune viti sono arrugginite, rischierebbero di rompersi».

Si mise a camminare su e giù, riflettendo.

«Ma certo! Ora che ci penso meglio, mi è venuta un'idea... Tu aspettami qui!» e la lasciò lì su due piedi, correndo verso la cantina.

«Dove vai? Leo, non abbiamo tempo!»

Non le rispose, ma in un attimo era già di ritorno con una voluminosa scatola blu. All'interno si ammassavano moltissime chiavi.

«Che chiavi sono?» chiese Ginny.

«Tutte quelle della casa, e molte altre che la nonna colleziona e conserva in questa scatola. Il problema è che sono troppe! Guardiamo bene come è fatta la serratura, in modo da escluderne già alcune».

Dopo più di mezz'ora di lavoro febbrile, i due si sedettero spossati.

«Non ce la faremo mai!» disse Ginny scoraggiata.

Leo però notò qualcosa e si mise a urlare: «Guarda Ginny! Osserva attentamente questa chiave. Vedi? Ha una forma diversa da tutte le altre. È davvero strana! Assomiglia proprio a quella che trovammo in soffitta un po' di tempo fa. Secondo me è questa, proviamola!».

Quando Leo prese in mano la chiave gli sfuggì, era gelida proprio come era accaduto nella soffitta. La riafferrò prontamente e gli sembrò che cambiasse forma e sprigionasse una luce rosa. Ritrasse quindi la mano spaventato, lasciando la presa, ma Ginny riuscì ad agguantarla prima che cadesse a terra. La infilò velocemente nella serratura e, subito dopo, la porta si aprì.

«Mai vista una cosa simile!» esclamò Leo che cercava inutilmente di sfilare la chiave dalla serratura. Sembrava che la chiave opponesse resistenza.

«Che lampo di genio hai avuto a ricordarti della scatola! Sei fantastico, fratellino!»

«Ginny, non vedi cosa sta facendo la chiave?» la interrogò lui, che intanto aveva ingaggiato una vera e propria battaglia.

«Lascia stare, si sarà incastrata, non credi? E poi accusi me di essermi fissata con la pendola... Piuttosto, mi pare che queste chiavi siano una vera mania!» lo canzonò lei entrando nella stanza, decisa.

«Mah, sarà...» bofonchiò Leo girandosi accigliato verso la porta mentre, di malavoglia, seguiva la sorella all'interno.

Nella stanza tutto era in perfetto ordine. Sembrava che l'assenza della nonna fosse stata programmata e la stanza riordinata perfettamente. Li sorprese vedere che gli armadi erano praticamente vuoti.

«Quanto aveva intenzione di restare da Marianna la nonna? Un anno?» sbottò Ginny scuotendo la testa.

«Ti ricordi che si stava preparando per riportarci a casa e restare per il resto delle vacanze da noi? Probabilmente ha già fatto le valigie e le ha riposte da qualche parte. Le piace fare le cose per tempo, lo sai!» osservò Leo, non tanto sicuro della sua affermazione.

Cercarono ovunque, ma non trovarono alcuna borsa.

Una busta sullo scrittoio attirò la loro attenzione. Era aperta e i bambini non resistettero alla tentazione di darvi una sbirciatina dentro. Al suo interno trovarono un foglio bianco, ripiegato con cura meticolosa.

«Che ci sia scritto qualcosa che non si legge?» suggerì Leo.

«Cosa intendi?»

«Mi sembra strano che ci sia un biglietto dentro una busta, e che non ci sia scritto nulla».

«In effetti hai ragione, non ci avevo pensato!» rispose Ginny.

«Non so bene quale sia la connessione, ma mi è venuta in mente quella pagina del libro in cui Mizuar legge quel famoso messaggio sotto la luce della luna... E dato che quella storia ce l'ha raccontata proprio la nonna, poteva essere un avvertimento! Comunque, se è ciò che credo, lo scopriremo ben presto. Prendo una cosa e te lo mostro!»

Leo corse fuori dirigendosi in cucina. Al suo ritorno, impugnava una candela e dei fiammiferi. La accese, poi afferrò il foglio tenendolo a una certa distanza dalla fiamma. In controluce, si leggeva chiaramente un messaggio.

Carissimi Ginny e Leo,
sono fiera di voi! Ero certa che sareste arrivati fin qui, nonostante le difficoltà. Immagino che siate già a conoscenza di tutto ormai.
La boccetta che cercate è dentro la borsa, sulla sedia.
Sarebbe stato troppo rischioso portarla con me.
Leggete attentamente le istruzioni che troverete allegate, prima di aprirla. Mi raccomando, fatelo soltanto quando sarete in soffitta, nella stanza segreta. La porta per accedervi è nascosta dietro la libreria, dovrete spostarla. È chiusa, ma nel cassettino di destra della scrivania ho lasciato la chiave per aprirla.

Non ho tempo di scrivere altro ora, è spiegato tutto nel biglietto di istruzioni. Sono attesa con urgenza. Fate presto, ogni minuto è prezioso!
Buona fortuna! Un fortissimo abbraccio,
La nonna

Leo ripose la lettera sul tavolo, rimanendo in silenzio. Gli era sembrata una bella trovata, ma ora avrebbe preferito non averla avuta affatto. L'assenza della nonna si solidificò come una roccia davanti a loro. Rimasero immobili fissando pensosi il foglio che Leo teneva ancora stretto in mano, finché un refolo di vento spalancò la finestra e li scosse dai loro pensieri.

«Te lo dicevo io che la nonna aveva a che fare con Dynowish e i sogni!» esclamò Ginny con amara soddisfazione.

«Tu pensi davvero che l'abbia scritta lei? Che ne sa la nonna di inchiostri invisibili? A me sembra tutto così strano! Magari è davvero una trappola, non credi? Proprio come nella storia di Mizuar! » replicò Leo, una mano sotto il mento e le sopracciglia alzate.

«Potresti avere ragione. Leggere Sherlock Holmes con il naso aguzza l'ingegno allora! Piuttosto, come hai capito che bastava la luce di una piccola fiamma per leggere un inchiostro invisibile? Mi stai nascondendo qualcosa?» chiese lei sospettosa, cercando di stuzzicarlo.

«Dopo quella storia dell'inchiostro verde in soffitta ho cercato di informarmi, ecco tutto! Ci sono tanti tipi di inchiostri speciali, talmente tanti che mi sono appassionato...» replicò lui, infastidito dalla sfiducia della sorella.

Ginny lo abbracciò.

«Certo, certo! Scusami... Mi sento frustrata perché non riesco a capire un bel nulla di quello che sta accadendo! Helas non ci ha ancora detto abbastanza, e ieri notte non si è presentato, come aveva promesso di fare! Pensi che nella borsa ci sarà proprio la boccetta di cui parlava?»

«Lo scopriremo Ginny, non abbiamo altra scelta, mi pare. Una cosa l'avevamo capita correttamente, comunque: esiste una stanza dietro la libreria. Ma ora corriamo al lago. Mi sono affacciato fuori e ho visto che Jim non è più qui, si sarà già avviato! Se siamo fortunati, la boccetta potrebbe ancora essere dentro la borsa» concluse lui.

In un attimo erano fuori. Jim era già arrivato sul posto, munito di tutti gli attrezzi necessari.

Un attimo dopo, sentirono alle loro spalle le voci di Zaina e Lea che li stavano raggiungendo: «Eccoci qui! Siamo tornate!».

«E noi abbiamo controllato. È proprio la borsa che cercavamo!» confermò Ginny.

Amir si avvicinò dandosi un tono professionale: «Nessun sospetto da segnalare!».

Jim si mise subito al lavoro.

«Ora allontanatevi, bambini. Quando si rompe, il ghiaccio può essere molto pericoloso!»

Dopo quasi mezz'ora di lavoro riuscì a liberare la borsa.

«Per fortuna non era troppo in profondità!» sbuffò asciugandosi la fronte.

«Jim, come pensi sia arrivata fin qui?» chiese Ginny.

«Come potrei saperlo, cara?» rispose, mentre si rialzava con cautela per evitare di esercitare troppa pressione sul ghiaccio, e ammonendoli di non tornare più in quel luogo pericoloso. I bambini annuirono mentre prendevano la borsa che stava porgendo loro.

«Mi dispiace, sembra un po' acciaccata! L'importante è vedere se per caso c'è dentro qualcosa: documenti, soldi... Ma non apritela subito. Portatela a casa, vicino al fuoco, altrimenti forzandola potrebbe lacerarsi. Il ghiaccio non perdona. Ora devo tornare al mio lavoro! Le strade sono ancora bloccate e il trasmettitore non funziona. A presto!» li salutò con un gesto della mano, e pattinò via veloce.

«Devo dire che è davvero strano!» disse Lea pensierosa. «Questa mattina Haya ci ha raccontato della vostra avventura di ieri e della storia dei sogni abbandonati... Poi, troviamo questa borsa incastrata nel ghiaccio, così lontano da casa vostra. Non volevo proprio crederle, ma qualche dubbio mi viene».

«Anche a me sembravano solo sciocchezze da bambini, adesso però...» concordò Zaina.

Amir intanto si avvicinò a Leo sussurrando: «Sai che a me queste storie di magia non sono mai piaciute, io voglio fatti reali, solo fatti! Ma, mi domandavo: le manette funzionano anche con i maghi? Se gli strappo di mano la bacchetta magica, gliela spezzo in due e poi lo ammanetto? Che ne pensi?».

Leo lo guardò con un sorriso: «Non si tratta di ciò che pensi. Comunque, tienile sempre a portata di mano, non si sa mai, potrebbero servire!».

«Mi sembro un pazzo a parlare di queste cose! Le manette funzionano sempre, che diamine, sono fatte apposta!» borbottò Amir fra sé, come per rassicurarsi.

Ginny, intanto, teneva la borsa in mano con cautela, e rivolgendosi a Lea e Zaina chiese: «Dove sono Maryam e Reem?».

«A casa. Stavamo per andare da loro quando abbiamo trovato la borsa...» rispose Lea.

«Bene. Informatele dell'accaduto e, se riuscite, raccontate tutto anche a Haya».

«Non so quando riusciremo a farlo perché, quando siamo passate da lei, non ci siamo potute fermare a lungo. È in punizione, e sua nonna ci ha chiesto di non farle altre visite per oggi!»

«Ah, capisco, se lo aspettava!» ribatté Ginny. «Leo, dobbiamo correre, Catrine ci aspetta per pranzo, altrimenti se facciamo tardi verremo rinchiusi in casa anche noi!»

I bambini quindi si salutarono dandosi appuntamento a più tardi.

Appena furono soli, Leo chiese alla sorella: «Secondo te la boccetta è ancora qui dentro?».

«Spero tanto di sì, ma la borsa è stata portata fino al lago per qualche ragione, non credi?»

«Chissà, magari potremmo trovarci qualche indizio...» suggerì lui.

«Me lo auguro. Qualcosa è certo: qui dentro è racchiuso un mistero!» poi, dopo un istante di silenzio, riprese: «Anche se... pensandoci bene, potrebbe essere un tranello. Chiunque l'abbia presa non è certo dalla nostra parte!».

Avevano un'espressione terribilmente seria. Un dubbio si era impigliato nel loro cervello come una ragnatela: se questa fosse solo una trappola?

Corsero dritti verso casa, la testa affollata da mille domande che non avevano risposta.

CAPITOLO 16

La stanza segreta

Il pomeriggio trascorse veloce. Catrine temeva qualche altra marachella e decise di non far tornare i bambini al lago. Chiese loro di aiutarla a mettere in ordine la casa. Leo si dedicò alla cantina piena di attrezzi da lavoro, il suo luogo preferito, e Ginny ai libri.

Cenarono molto presto. Speravano di vedere Helas presentarsi finalmente alla finestra, quella notte.

Stremati dagli ultimi avvenimenti, si erano dati talmente tanto da fare per finire tutto in tempi da record e liberarsi di Catrine che non avevano avuto il tempo di controllare se la borsa si fosse ripresa dal gelo.

Quando finalmente l'aprirono, rimasero esterrefatti: all'interno c'era la boccetta. Sull'etichetta appariva una scritta misteriosa:

LADECRI MELALLU NAET ARTNEC NOC

«Non ci posso credere, Leo! Che fortuna, l'abbiamo trovata!» esclamò Ginny afferrandola. «Ma... Cosa significa la scritta secondo te?»

«Penso sia un codice segreto. O magari una lingua sconosciuta, o... un anagramma?»

«Portiamola di sopra con noi per studiarla meglio!» propose lei.

«Ma dove sono le istruzioni?»

«Forse erano in questo pezzetto di carta che ora è ridotto in poltiglia!» rispose lui desolato, indicando quel che rimaneva di un piccolo foglio.

«Mi auguro proprio che Helas arrivi presto e sia in grado di aiutarci. Abbiamo bisogno di lui! Ma tu, piuttosto, hai preso la chiave dal cassetto della nonna?»

«Ovvio Ginny, ce l'ho in tasca da prima!»

«Perfetto. Siamo pronti allora, andiamo!»

Poi si rivolsero a Catrine in coro, a voce alta in modo da farsi sentire bene: «Noi andiamo a dormire... Buonanotte!».

«Buonanotte bambini!» rispose lei. «A domani! Vi auguro una notte piena di bellissimi sogni!»

I due fratelli, invece, si diressero con passi felpati direttamente in soffitta.

Lunghi raggi di luna illuminavano le vecchie assi di legno. Chiusero la porta e accesero subito la luce per osservare meglio la boccetta. Il liquido al suo interno era scuro e vischioso. Sembrava melassa.

«Prima di aprirla, dobbiamo decifrare la scritta. Se non capiamo bene di cosa si tratta, potrebbe essere pericoloso!» suggerì Ginny.

Presero carta e penna e valutarono diverse ipotesi, ma sembrava impossibile trovare una soluzione, finché Leo suggerì: «E se provassimo a posizionare le lettere in un altro modo? Magari, combinandole diversamente, troviamo delle parole che abbiano un senso compiuto».

Si impegnarono insieme e, dopo svariati tentativi, convennero che dovesse trattarsi di un anagramma.

«Ma sì, è ovvio! C'è scritto 'Lacrime della Luna concentrate'! Che sciocco a non averlo capito prima!» Leo esultò. «Il punto ora è: dovremmo aprirla anche senza le istruzioni?»

«Quali altre scelte abbiamo? Ma non qui, ha scritto la nonna. Dobbiamo prima trovare la stanza».

«Cerchiamo la porta allora!»

Si diressero verso la libreria e iniziarono a togliere i libri.

La pendola in fondo alle scale in quel momento batteva la mezzanotte meno un quarto.

«Svelta, non abbiamo tempo! Helas ci aveva detto che sarebbe venuto ieri a mezzanotte in punto. Se per qualche ragione non è riuscito, magari lo farà tra poco, non possiamo rischiare di arrivare tardi anche questa volta!»

La voce di Leo aveva un tono di rimprovero.

«Vuoi forse insinuare che è colpa mia? *Io* mi sono svegliata, *tu* no!» ruggì la sorella.

«Ma su, dai, dicevo solo di non tardare...» mentì lui, che non ne era del tutto convinto.

Quando la libreria fu completamente vuota riuscirono a spostarla.

«Leo, fermo. Guarda qui!»

Dal muro sbucava una leva dorata. Era bloccata da una serratura che ne impediva il movimento.

«Prendi la chiave, ora!»

Lui la estrasse dalla tasca, la infilò e la girò fino a sbloccarla. Poi, insieme, la abbassarono: il muro svanì e, al suo posto, apparve una grande porta di legno chiaro lavorato con cura certosina, su cui erano incise raffigurazioni di fiori e foglie e scritte incomprensibili. Non appena Ginny vi appoggiò una mano per accarezzarne i disegni, la porta si spalancò rivelando un'enorme stanza con le pareti ricoperte da schermi, come quelli dei computer, e affollata da sfere luminose e colorate, simili a bolle di sapone. Al loro interno, ogni sfera mostrava un susseguirsi di immagini che apparivano e sparivano velocissime: città, foreste, spiagge si alternavano a volti, voci di bambini, urla di gioia. In alcune, si intravedeva l'interno di qualche casa, un giardino fiorito, una bambina che scriveva, un bimbo che giocava a calcio, il riverbero dei raggi del sole su un fiume. Leo, curioso, allungò la mano e ne toccò una che, al solo contatto, si mosse decisa verso di lui, ingrandendosi in modo minaccioso.

«Base 2200 a rapporto, signore».

Lui indietreggiò spaventato, non sapendo che fare, e la bolla lo seguì.

«Ma cosa vuole da me? Pensi che voglia inghiottirmi? Sarà uno di quei "cosi" di Azimur di cui parlava Helas?»

«Ma no, è troppo bella... Prova a chiederle qualcosa!»

Leo allora domandò la prima cosa che gli venne in mente: «Cosa puoi dirmi sui sogni?».

«Sono 133 quelli catturati fino a ora. La riserva è troppo bassa, diventeremo zona rossa in meno di un giorno se non intervenite subito!»

Dopo qualche istante il suono acuto di una sirena d'allarme li fece sobbalzare. Alle loro spalle apparve una luce rossa che pulsava intermittente.

Si avvicinarono. Ginny chiese: «I sogni sono sotto controllo?».

«Base 111 a rapporto. Segnalo zona allarme da due giorni ormai. La riserva di sogni è quasi a zero. Siamo in estremo pericolo. Occorre intervento *immediato!*»

Cominciarono quindi a interrogarne altre. Ciascuna di loro indicò la propria posizione e il numero di sogni su cui vigilavano che erano ancora al sicuro, o che necessitavano di aiuto.

«Ginny, è chiaro che si tratta di una postazione di controllo».

«Accipicchia, che storia! Leo per favore, tira fuori la mappa che ti ha dato il re e controlliamo se è indicato qualcosa».

«Certo, eccola!»

Aprendola, si resero conto di trovarsi in un punto chiamato "Sede controllo sogni A2A".

«Che collegamento c'è tra la nonna e il controllo dei sogni?» chiese Leo.

«Ne capisco meno di te. Ma ora almeno sappiamo a cosa serve questo posto» rispose lei.

«Guarda quello schermo in fondo a sinistra. Si vedono delle reti nere: sono sicuramente quelle di Azimur. Forse la nonna controlla da qui quanti sogni cattura quel malvagio, oppure il luogo in cui posiziona le sue trappole? Magari è al corrente della nostra avventura con Dynowish e ha cercato solo di tenerci fuori da quello che sta accadendo ora?» suggerì il fratello.

«Sono tutte ipotesi sensate, Leo, ma non possiamo stare qui a pensarci ora. Apriamo subito la boccetta. Hai per caso il tuo coltellino? Dobbiamo estrarre il tappo senza romperlo».

«Certo, lo porto sempre con me!»

Leo quindi sfilò dalla sua tasca destra il suo inseparabile coltellino multiuso che aprì scegliendo una spirale molto sottile, perfetta per togliere il tappo. Appena aperta, la boccetta sprigionò un fumo dorato che si propagò immediatamente nella stanza e tutto venne avvolto da una nuvola luminosa. Al centro, comparve Dynowish.

«Evviva! Sei tornato!» urlarono i bambini eccitati, cercando di abbracciarlo, ma senza successo. Si trattava, infatti, solo della sua immagine.

«Salve, Ginny, salve Leo! Che bello rivedervi. Se siete qui ad ascoltare il mio messaggio, significa che avete già liberato le Lacrime della Luna e che presto ci incontreremo di nuovo! L'incantesimo di Azimur è così potente che non può essere spezzato senza il contenuto di questa boccetta. Dovrete tornare il prima possibile a Ebilandia per consegnarla a Ebishíris, che ridarà vita allo Scrigno. A quel punto potrete liberarmi e, con me, Lady Uni e Tyrox. Tutti insieme cercheremo Chepi. Helas verrà a prendervi da un momento all'altro! Se Azimur si accorgerà di quanto è accaduto, troverà di certo il modo di far seccare nuovamente lo Scrigno e io non avrò più scampo! Fate presto e ricordate sempre le mie parole: '*Se nei sogni fede avrete, sempre li realiz...*'»

Ma la sua immagine svanì prima di terminare l'ultima parola.

I bambini si misero quindi a urlare: «Aspetta, non andare! Dov'è Helas, come possiamo raggiungerlo? Ieri doveva venire da noi, ma non si è presentato! Temiamo che anche nostra nonna sia in pericolo, forse è stata intrappolata da Azimur. Per favore, torna, non lasciarci ora...».

Ma Dynowish era ormai scomparso. Una fluttuante polvere di stelle sostituiva la sua immagine.

Ginny e Leo si guardarono sconsolati.

«Cosa facciamo ora? Come possiamo raggiungere Ebilandia se non arriva Helas?»

Ben presto però sentirono un ticchettio familiare provenire dalla finestra: qualcuno stava bussando. Si affrettarono ad aprire e se lo trovarono davanti.

«Avete la boccetta?» chiese Helas, senza nemmeno salutarli.

«Finalmente! Ma dov'eri finito? Cosa ti è successo?»

«L'avete trovata?» lo incalzò Helas.

«La boccetta? Sì, sì, eccola!» disse Leo mostrandogliela prontamente.

«Mettila in un posto sicuro perché dobbiamo portarla con noi. Dynowish vi ha già spiegato tutto, vero? Non c'è tempo per parlare, partiamo subito!»

Senza dare ai bambini il tempo di replicare, estrasse quindi le foglie magiche e ricomparvero le tre slitte. In un attimo Ginny, Leo e Helas erano di nuovo sul davanzale pronti a partire.

Al sorgere della luna, tre minuscole slitte sfrecciavano nel cielo a velocità supersonica.

Sciarpe di lana scure come la notte avvolgevano i loro volti. I tre impavidi eroi spronavano le loro slitte come destrieri in battaglia, guidandole oltre le montagne più alte, sfiorando le punte dei pini bagnate da una luce argentata. Avevano preso la via dei monti, la più veloce ma anche la più pericolosa. Non era il momento di essere prudenti, era giunto il tempo di agire.

Atterrarono sani e salvi vicino alla grande bolla che attorniava Ebilandia. Appena superato il cancello invisibile, trovarono ad aspettarli Ebishíris, che i bambini riconobbero immediatamente.

Portava i lunghi capelli grigi sciolti sulle spalle, aveva grandi occhi luminosi di un pallido azzurro e una lunga tunica bianca cinta da un intreccio di fiori e foglie. Li fissava con uno sguardo serio ma gentile. Ebidisi era lì, in piedi, accanto lei. Si avvicinò in modo ossequioso, affrettandosi a stringere loro la mano, e li salutò.

«Benvenuti bambini! Ora, grazie a voi, lo Scrigno ha preso di nuovo vita, ma occorre ancora il vostro aiuto per liberare Dynowish e i suoi amici. Il re vi saluta e vi ringrazia, ma è molto debole e ha preferito delegare me ad accoglierví. Ora la nostra amata Ebishíris vi spiegherà il da farsi».

Fece un passo indietro e lasciò il posto alla fata, guardandosi intorno in quel modo che Ginny continuava a trovare sospetto.

La fata si avvicinò loro, con passo lento. Li scrutò per qualche istante, come se li stesse analizzando, prima di parlare.

«Quindi siete voi gli eroi che mi hanno salvato dal sonno perenne! Bene! Sono lieta di conoscervi e di potervi ringraziare di persona! Avete portato con voi la boccetta?»

Leo annuì porgendogliela.

Ebidisi con un gesto rapido le si parò davanti e allungò la mano per afferrarla.

«Non occorre, grazie, posso fare da sola!» lo bloccò la fata lanciandogli un'occhiata irritata. Poi, rivolgendosi di nuovo ai bambini, allungò la mano, prese il flacone e lo sollevò come per verificarne il contenuto.

«Qui sono custodite Lacrime della Luna concentrate. Sono state raccolte per usarle come riserva, molto prima che Azimur elaborasse il suo piano. Due Arrowhead, fino a ora sempre dalla nostra parte, le custodivano nel palazzo reale. Pensiamo siano loro i traditori: Azimur li avrà convinti a seguirlo e a fargliele rubare. Molte cose però non si spiegano, per esempio come ci siano riusciti e chi li abbia aiutati a fuggire da Ebilandia, ma soprattutto come mai il nostro esercito non li abbia bloccati» disse lanciando un'occhiata indagatrice a Ebidisi.

Poi proseguì a parlare. «Non va dimenticato che fortunatamente anche noi abbiamo molti buoni alleati. Due dei nostri sono riusciti a riprendere la boccetta con la riserva di Lacrime e l'hanno consegnata a Chepi che, poco prima di essere intrappolata, l'ha affidata a un nostro alleato, nascosta in una borsa».

In quel momento Ginny pensò: "Ora o mai più!". Non era il momento di tergiversare, né di perdere tempo prezioso, quindi snocciolò in una volta sola il fiume di domande che la tormentavano da giorni, correndo il rischio di apparire impertinente.

«Helas ci ha detto che la borsa era custodita in camera di nostra nonna. Invece l'abbiamo recuperata nel bel mezzo del lago ghiacciato vicino a casa. Com'è finita lì? Chi utilizza la stanza segreta nella soffitta della nonna? Lei?»

Ebishíris era una fata esperta. Evitò di guardarli per qualche istante, come se soppesasse le domande di Ginny prima di rispondere. Sapeva bene che se avesse fatto trasparire dubbi o incertezze avrebbe agitato i bambini. Con un tono che non ammetteva replica, continuò: «Non ho risposte a tutte le vostre domande cari bambini, ma Dynowish potrà certo aiutarci! Ciò che sappiamo ora è che occorre agire in fretta. Avrete solo una possibilità, una sola! Se fallirete, tutto sarà perduto. Non ci sono Lacrime della Luna a sufficienza per poter fare altri tentativi. Fluiscono ancora troppo lentamente. Dobbiamo agire ora che la vasca è abbastanza piena: adesso o mai più!».

Si diresse verso i bambini e porse loro un ciondolo, simile a quello che indossava lei. Era rotondo come una medaglia ed emetteva una luce violacea, intermittente. Ricordava il bracciale che aveva donato loro il re, ma il colore che sprigionava era differente.

«Aspettate, non lo toccate!» si affrettò Ebidisi, affannandosi verso di loro. Poi, rivolgendosi alla fata: «Può essere pericoloso, Ebishíris. Conviene prima iniziarli ai nostri rituali».

«Ho già detto che non ho necessità del tuo intervento, e tantomeno dei tuoi suggerimenti. Questo è il mio compito da molto prima che tu nascessi!» appariva adirata, sebbene cercasse di nasconderlo.

«E ora, se mi vuoi scusare, occorre che informi i bambini. Non tollererò più alcuna interruzione, spero ti sia ben chiaro!»

Rivolgendosi quindi a Ginny e Leo cambiò subito il tono della sua voce, che si fece di nuovo gentile: «Avvicinatevi allo Scrigno, bambini!».

I due fratelli raggiunsero il punto che indicava loro Ebishíris.

«Non appena toccherete il ciondolo con entrambe le mani entrerete dentro lo Scrigno dei Sogni, e nello stesso momento io verserò il contenuto della boccetta al suo interno. Verrete trasportati sulla spiaggia vicino alla vostra casa, proprio dove avete incontrato Dynowish un anno fa. Lo dovrete chiamare e pronunciare insieme la frase magica:

Se nei sogni fede avremo, sempre li realizzeremo!

Se Dynowish arriverà, vorrà dire che anche questa volta sarete riusciti, con la vostra fede, a risvegliare i sogni. Da quel momento sarà lui a dirvi ciò che dovrete fare. Ma occorre che torniate prima della notte di luna piena, tra due giorni precisi da ora: il giorno della vigilia di Natale. Non c'è tempo da perdere. Andate, e buona fortuna!»

I due bambini si guardarono e strinsero il ciondolo nelle mani.

«Al tre, Leo! Uno, due... tre!» In un attimo erano spariti.

CAPITOLO 17

Vecchi amici

«Ginny, siamo a casa!» disse Leo.

Si ritrovarono così con i piedi immersi nella sabbia, proprio nel punto preciso in cui avevano visto Dynowish per l'ultima volta. Sembrava che il tempo si fosse fermato. Sopra di loro, il cielo stendeva il suo manto chiaro e luminoso. Fissarono le onde luccicanti, mentre il sole spariva all'orizzonte e colorava tutto di un pallido arancione.

«Leo, guarda! L'impronta di Dynowish... Proprio come quando l'abbiamo salutato alla fine del nostro viaggio!» esclamò la bambina.

«Ginny, ricordi ancora cosa mi avevi detto dopo quell'incredibile avventura?»

«Certo che lo ricordo! Ho detto: 'Vorrei che i sogni non finissero mai', e lo penso ancora!» rispose.

«Esatto! Siamo qui per questo, per credere in loro. Sei pronta?»

«Sempre!»

I bambini si presero quindi le mani e pronunciarono la frase magica, tenendo gli occhi ben chiusi per concentrarsi meglio. Quando ebbero finito si guardarono intorno fiduciosi, ma non videro nulla.

«Non ha funzionato!» disse Ginny, abbattuta.

«E ora, che facciamo?» chiese Leo.

«Non ne ho idea! Credi sia possibile tornare a Ebilandia da qui?»

«Mi piacerebbe davvero saperlo, ma Ebishíris non ci ha spiegato nulla al riguardo. Ha forse dato per scontate troppe cose!»

«Forse non è così, Leo. Lei ha assoluta fede nei sogni e dobbiamo averla anche noi. Non possiamo darci per vinti proprio ora. Abbiamo imparato che i sogni necessitano di tempo e determinazione per realizzarsi. A volte troviamo ostacoli enormi e ci abbandoniamo alla paura temendo di non riuscire. Ti confesso che io ora ho tanto timore che sia accaduto qualcosa alla nonna. Questo pensiero non mi dà pace e forse è proprio ciò che mi limita... Ma non voglio farmi scoraggiare ora, Dynowish non se lo merita e noi siamo l'unica ancora di salvezza per i sogni. Riproviamo!»

I due fratelli si strinsero forte la mano. Leo vide una lacrima scendere dagli occhi della sorella.

«Forza Ginny, ce la faremo. Pensiamo a quanto importante è la nostra missione. Non possiamo mollare ora e non ci è consentito fallire. Non solo per i sogni, ma anche per la nonna!»

«Hai ragione, fratellino e io non ho nessuna intenzione di darmi per vinta!»

Ripeterono lo stesso rituale pronunciando la frase più e più volte, senza scoraggiarsi. All'improvviso, udirono un grido alle loro spalle.

«Ahi! Mi avete fatto atterrare sull'unica roccia della spiaggia!» sbraitò un piccolo esserino verde, con un musetto tondo e due denti bianchissimi che sbucavano dalla bocca spalancata.

«Tyrox!» lo chiamarono i bambini in coro, eccitati.

«Sei tu! Che gioia rivederti!» e si misero a baciarlo e abbracciarlo.

«Attenti bambini! Non vedete il mio cappello e la mia uniforme? Sono un grande chef ora, non potete sgualcirla!»

I bambini si scostarono e gli sorrisero.

«Che meraviglia!» disse Leo. «Sei elegantissimo! Allora hai davvero realizzato il tuo sogno di diventare un cuoco. E tuo padre, come l'ha presa?»

Lui si rialzò velocemente, cercando di scuotere via la sabbia.

«A dire il vero in un primo momento non ne era affatto entusiasta, ma quando ha provato la mia zuppa di latte di brontosauro e alghe di Ibris... beh, non ci crederete ma ha quasi sorriso!» rispose, mentre una lacrimuccia gli spuntava dagli occhi. Poi, ricomponendosi: «Il ristorante è un successone. Ho lasciato Dragonite in cucina, ma senza di me è sempre un caos terribile! Dunque, come posso esservi utile?» chiese poi con tono indagatore.

«Come, non sai nulla?» si stupì Ginny.

«Riguardo a cosa?»

«Davvero non sei informato di ciò che sta accadendo?» intervenne Leo.

«Vi confesso che non mi sono occupato di molto altro che del mio lavoro, in questo ultimo anno. Lanciare un ristorante non è un gioco da ragazzi e forse non sono informato sulle ultime novità» ribatté, in tono colpevole.

«Non si tratta di banali *ultime novità*! Il problema è gravissimo. Da tempo Azimur sta lavorando al suo piano e questa volta non ha trascurato nessun dettaglio!» lo incalzò Leo.

«Lo so, lo so. Ora inizierete a farmi la predica come Dragonite! Ma avete idea di cosa significhi sfamare ogni giorno 800 draghi e 1200 T-Rex?» sbottò imbronciato.

«Calmati ora, Tyrox. Ci è sembrato strano, ecco tutto!» lo tranquillizzò Ginny appoggiandogli la mano sulla spalla. I bambini si occuparono quindi di aggiornarlo.

«Ma perché, se avete chiamato Dynowish, sono arrivato io?» domandò lui, grattandosi la testa pensoso.

«Non solo tu!» interruppe una voce soave alle loro spalle. «Io, ovviamente, sono arrivata per prima, ma non mi sono messa a gridare a squarciagola! Ho pensato di aspettare il mio turno prima di parlare!»

Una meravigliosa creatura si avvicinava: era un bellissimo unicorno.

«Lady Uni, ci sei anche tu!» gridarono felici i bambini andandole incontro festosi.

«Eccomi bambini! Sono al corrente di tutto... e sono pronta a partire. Ora occorre che ci raggiunga anche Dynowish. Il tempo che ci rimane è limitato. La mia terra ha iniziato a congelarsi e molti dei nostri si sono già schierati con Azimur. Sono convinti sia la via più sicura per proteggere le loro famiglie. Dobbiamo agire subito!»

«Lo sappiamo, abbiamo letto parte del tuo libro nella casa nel bosco. Purtroppo molte pagine erano state strappate, ma si capiva che un grande pericolo era in agguato».

«Lo constaterete voi stessi. Recitiamo ora le parole magiche e chiamiamo Dynowish, tutti e quattro insieme!» esclamò Lady Uni con decisione.

Pronunciarono quindi all'unisono la frase di rito. Sentirono un vento fortissimo provenire dal mare, un profumo di fresco avvolgerli e, in lontananza, scorsero una splendida luce che si avvicinava. I loro volti si illuminarono, pieni di gioia.

«Eccolo, è lui, sta arrivando!»

Man mano che Dynowish si avvicinava, fu subito evidente che era profondamente cambiato. Si muoveva più lentamente, sembrava trattenuto da qualcosa e il suo corno non sprigionava la solita luce. Le ali si muovevano a scatti, come se fossero state ferme troppo a lungo e avessero bisogno di sgranchirsi.

«Finalmente, siete tutti qui!» disse con una voce bassa, quasi irriconoscibile. «Sono così felice di vedere che siete sani e salvi. Sono riuscito a liberarmi, ma non c'è energia a sufficienza perché io possa riprendere completamente i miei poteri. Il flusso delle Lacrime della Luna è troppo lento. Occorre che partiamo subito per trovare Chepi, ma non conosco il luogo preciso in cui si trova la torre dove Azimur la tiene prigioniera».

«Noi sappiamo qualcosa!» disse subito Ginny con sicurezza. «Maryam e Haya hanno sognato che è rinchiusa in una torre vicino al mare».

«Non è abbastanza, servono maggiori informazioni. Azimur controlla molte torri, ma ciascuna ha qualcosa di diverso! Andiamo subito dalle vostre amiche, sperando possano fornirci altri indizi utili. Non c'è un solo istante da perdere! Lady Uni e Tyrox, per favore andate a chiamare Helas e raggiungeteci con lui da Maryam e Reem. Ci incontreremo là!» concluse, mentre i bambini salivano sul suo dorso. Tyrox e Lady Uni annuirono in silenzio.

Il viaggio dalla spiaggia sarebbe stato molto lungo, ma il potere magico di Dynowish consentì loro di raggiungere in breve tempo il villaggio di montagna. Mentre si dirigevano verso la casa di Maryam, sorvolando prati e boschi innevati, Ginny e Leo scorsero la casa della nonna. Era buia e silenziosa: Catrine di certo dormiva. Un momento di sconforto assalì Ginny, che emise un forte sospiro.

«Non temere, sorellina!» disse Leo rincuorandola. «Torneremo presto, e la nonna con noi!»

⚜ ⚜ ⚜

Erano quasi arrivati alla casa delle due bambine quando, davanti a loro, apparve la scia di tre figure che volavano nel cielo. Erano Tyrox e Lady Uni che li avevano raggiunti insieme a Helas. Il gruppo così riunito si avvicinò alla finestra della camera di Maryam, dove la videro intenta a leggere un libro piuttosto voluminoso.

Quando la bambina sentì bussare sul vetro saltò sulla sedia, cercando di soffocare un piccolo urlo: Ginny era in piedi sul davanzale della sua finestra. Corse quindi ad aprire.

«Ma sei completamente impazzita? Che ci fai in piedi, lì fuori? E se cadi?»

Si accorse però che strane creature volavano alle spalle della sua amica e che Leo era in groppa a una di loro, tutta d'oro e con un lungo corno in fronte.

Si sfregò gli occhi.

«Sto sognando. Sì, sì! Di certo sto sognando!» disse tra sé, dandosi anche qualche schiaffetto sulla faccia.

«No Maryam, non stai sognando. Siamo venuti perché abbiamo bisogno di farti alcune domande» rispose Ginny con voce dolce, cercando di tranquillizzarla.

«Ora però facci entrare per favore, altrimenti qualcuno potrebbe vederci!»

Maryam li fece passare, con riluttanza. Quando furono tutti dentro, Leo chiuse la finestra. Nel frattempo, il baccano aveva svegliato Reem, che si era avvicinata a loro, incuriosita.

«Maryam, adesso non ho tempo di spiegarti tutto, ma ricordi la nostra avventura e la storia dei sogni abbandonati? La borsa che abbiamo trovato al lago, di cui ti hanno parlato Zaina e Lea, conteneva un messaggio per noi e una boccetta che serviva a Ebishíris per liberare Dynowish, Tyrox e Lady Uni dallo Scrigno dei Sogni...»

Ginny si accorse che più parlava più gli occhi di Maryam si dilatavano e la sua bocca si apriva in una smorfia di terrore.

«Lo so, lo so... Troppe informazioni tutte insieme!»

«Niente affatto!» proruppe Reem, che nel frattempo era arrivata al suo fianco. «Mi sembra una bella storia, continua!»

«Reem, ti prego, non dire sciocchezze!» sbottò Maryam, fulminandola con lo sguardo.

Dynowish quindi si fece avanti.

«Maryam, è importante che tu sappia solo una cosa ora: molte creature sono in pericolo, e soprattutto lo sono i sogni! Se non agiamo subito, non saremo in grado di liberare Chepi. Hai già dato prova del tuo coraggio quando sei andata a salvare Ginny, Leo e Helas: la tua fede nei sogni è forte, questo conta. Ma se non agiamo immediatamente, rischiamo che tutti i bambini smettano di sognare per sempre!»

Mentre parlava, una fioca luce uscì dal suo corno. Non sprigionava la solita energia, ma la sua magia fu sufficiente a tranquillizzare Maryam. Quindi, proseguì: «Ginny e Leo mi hanno raccontato che alcuni giorni fa hai sognato Chepi, rinchiusa in una torre. Mi occorre che tu la descriva nel modo più dettagliato possibile».

Dynowish quindi snocciolò a raffica tutte le sue domande: «Com'era la torre al suo interno? Ti sembrava antica? Il pavimento era fatto di pietre? Nella stanza c'erano finestre?».

Maryam si appoggiò al tavolo, chiuse gli occhi come per raccogliere i pensieri e cominciò a parlare: «Chepi era seduta a terra e dormiva. Alle sue spalle c'era una grande porta rossa, con la parte superiore che culminava ad angolo, non ricordo molto altro!».

«Sforzati, per favore, è importante. Cerca di ricordare!» la spronò lui.

«Forse... Ora che ci penso meglio, mi pare ci fosse una finestra con delle sbarre, tipo una cella. Il pavimento era danneggiato, lastricato di pietre vecchie e consumate. Alle pareti si intravedevano alcune parole incise sul muro. Doveva essere vicino al mare perché sentivo il rumore delle onde, e poi... Sì, certo! Ricordo che c'era una scritta nera sopra la finestra: "Terra del Nord"».

«Ah, lo temevo! Proprio in *quella* torre! Si trova a nord della Terra dei Ghiacci perenni. Dovremo arrivarci dal mare, la foresta è troppo pericolosa e i miei poteri limitati! Non mi occorre sapere altro, non è più necessario andare da Haya».

«Dynowish, temo ci siano molti più ostacoli di quanto si possa immaginare» lo mise in guardia Lady Uni, avvicinandosi. «Gli Arrowhead e i Turxin sono con Azimur da tempo, e da poco anche i Marinis e molti dei miei sono passati dalla sua parte! Nemmeno il mare è più sicuro...»

Tyrox a quel punto si fece avanti intervenendo con fierezza: «Ma i T-Rex non si sono ancora arresi. Noi odiamo gli sbruffoni. Mio padre ha cacciato in malo modo quell'odioso mago e non credo si farà rivedere per un bel po'».

Mentre lo diceva, imitò una mossa di karate perdendo l'equilibrio e finendo con il musino ai piedi di Maryam. Tutti scoppiarono a ridere. La goffaggine di Tyrox riusciva sempre, come per magia, a smorzare la tensione.

«Questa è davvero una buona notizia, forse presto avremo bisogno del loro aiuto!» gli rispose Dynowish con un sorriso malcelato.

Poi, rivolgendosi a Lady Uni: «I Marinis non mi spaventano, non sono molto numerosi e sorvoleremo il mare dall'alto. Quindi... partiamo!».

Tutti si raccolsero intorno a lui, pronti all'avventura.

«Maryam, Reem: voi resterete qui, in attesa. Se avremo bisogno di voi manderemo qualcuno a chiamarvi. Ginny e Leo con me. Lady Uni, al mio fianco. Tyrox e Helas, a seguire».

«Vedo che le cose non sono cambiate dall'ultima volta... Io sono sempre il fanalino di coda!» si mise a borbottare Tyrox contrariato.

Dynowish, rivolgendosi a lui con un gesto di incoraggiamento disse: «In un esercito, chiudere le fila è uno dei compiti più difficili: serve a scongiurare eventuali attacchi. Solo tu potrai farci volare tranquilli, Tyrox!».

E così dicendo, gli mise una zampa sulla spalla. Lui sfoderò un sorriso a 180 gradi e si mise in posizione.

Poi, coinvolgendo anche gli altri, gridò: «Ora, tutti insieme pronunciamo le parole magiche!».

Se nei sogni fede avremo, sempre li realizzeremo!

Si alzarono rapidi in volo, solcando il cielo trapuntato di stelle.

Maryam e Reem si sporsero dalla finestra per guardarli, finché i loro amici non divennero solo una macchiolina tra gli alberi bianchi e furono inghiottiti dalla notte.

CAPITOLO 18

La voragine sul tetto

Soffiava un vento gelido di tramontana e la bufera di neve rendeva difficile il viaggio. Sotto di loro, distese di ghiaccio coprivano montagne e valli. Solo qualche flebile luce illuminava le finestre appannate delle case. Gli alberi maestosi si innalzavano verso il cielo, quasi a toccare le nuvole che, scivolando lente sulle montagne, le avvolgevano in un abbraccio glaciale.

Ben presto, il paesaggio cominciò a cambiare. Il cielo diveniva sempre più cupo. Pianure sconfinate, a tratti ghiacciate, avevano preso il posto dei boschi e delle valli, e l'aria era ora ancora più pungente. All'improvviso, scorsero dei blocchi di ghiaccio affiorare da una superficie che doveva essere il mare. Strane creature affioravano dall'acqua, erano i Marinis, ma per fortuna i sei impavidi eroi volavano troppo in alto per poter essere attaccati.

Un boato incredibile interruppe il silenzio. Sembrava che qualcosa esplodesse alle loro spalle.

Tyrox disse, spavaldo: «Voi proseguite, me ne occupo io!».

Dynowish fece cenno a Helas e Lady Uni di seguirlo. Sparirono tutti e tre dalla vista, ma ricomparvero solo dopo qualche minuto. Lady Uni portava in groppa Tyrox, che era tutto imbrattato di neve e sembrava dolorante a una zampa.

«Ah, che botta terribile! Ahi!»

«Cos'è accaduto?» chiesero i bambini in coro.

«Ora vi spiego tutto io!» disse Tyrox in tono lamentoso. «C'era un mostro di ghiaccio che si muoveva contro di me, gli ho sferrato un calcio ma era durissimo e... Ohi, ohi!»

Mentre parlava si massaggiava la zampa.

«Tyrox, era solo un iceberg che si è staccato, non un mostro! Te l'ho spiegato subito!» rispose Lady Uni con aria di sufficienza. Dynowish gli si avvicinò e dal suo corno uscì una luce, insieme a una polvere dorata.

«Ora starai meglio. Non ho ancora recuperato tutte le mie forze, lo sai. Per cui fate attenzione. Occorre che conservi la mia energia magica per liberare Chepi».

Tyrox abbassò lo sguardo come per scusarsi e Dynowish si limitò a sorridergli.

«Forza, ripartiamo!» esortò tutti, alzandosi alto nel cielo.

Improvvisamente si trovarono nel mezzo di un paesaggio brullo. Sotto di loro, dalla neve ghiacciata, spuntavano qua e là rocce aguzze e minacciose. In lontananza si sentiva il fragore del mare. Ginny e Leo si scambiarono un'occhiata d'intesa: si stavano avvicinando al castello che già conoscevano e iniziavano a scorgere qualcosa in lontananza. Al di là di un'oscura foresta, alcune lugubri torri ancora piccole e sfocate si affacciavano da una parte su un lago ghiacciato e, dall'altra, sul mare. Il loro viaggio stava per terminare, ma ora iniziava la parte più pericolosa.

⚜ ⚜ ⚜

Rapidamente atterrarono, per proseguire il cammino nascosti tra gli alberi. In volo nel cielo sarebbero stati bersagli troppo facili. Ma occorreva comunque muoversi con circospezione. I Turxin potevano essere ovunque!

«Non vi sembra sospetto che non ci sia nessuno di guardia?» domandò Ginny, rompendo il silenzio.

«Sì, certo! È davvero strano!» concordò Dynowish.

«Aspettate!» proruppe Leo. «Il re degli Ebiniani ci ha muniti di bracciali speciali per scoprire se ci sono nemici camuffati».

«Non funzionano molto bene, mi pare» disse Ginny, ricordandosi della loro ultima avventura con gli Arrowhead. «Azimur è riuscito a modificare il loro DNA e i nostri bracciali non li hanno individuati».

«Certo, lo so, ma è meglio di niente!» rispose Leo.

I bambini quindi li indossarono e iniziarono a puntarli in tutte le direzioni. Poi ripresero a camminare mantenendo la disposizione assegnata da Dynowish, cercando di non fare alcun rumore. La foresta che li circondava era impenetrabile e oscura, un groviglio inestricabile di abeti avvolti da arbusti spinosi che li intrappolavano in ogni direzione. Ad ogni passo il terreno scricchiolava e, di quando in quando, qualcuno incespicava in una radice o in qualche cespuglio insidioso. Si sentivano osservati, come se la foresta li stesse scrutando.

Improvvisamente, al centro di uno spiazzo brullo e inospitale, apparve innanzi a loro un castello cinto da quattro lugubri torri. Quella più alta, di forma circolare, aveva un tetto di tegole nere sovrastato da un pennacchio che la faceva somigliare al cappello di un mago. Svettava così tanto che pareva punzecchiare le nuvole che si rincorrevano intorno a essa. La torre sembrava sguarnita, non c'era nessuno a sorvegliarne l'ingresso. Tutti sapevano che sotto la sua apparente tranquillità quel luogo celava oscuri segreti. Ginny e Leo sentirono un brivido gelido correre lungo la schiena. Il dado era tratto!

A un certo punto, un rumore fragoroso li fece sobbalzare: videro qualcosa di incredibile. Il tetto di una delle torri sul lato destro del castello si spalancò come una voragine: in cielo comparvero minacciose sfere nere che, emettendo un triste lamento, volteggiavano verso l'apertura venendone poi inghiottite.

Dynowish bisbigliò: «Quelli sono i sogni modificati da Azimur... ha creato davvero qualcosa di mostruoso. Ma ora entriamo nella torre, prima che sia troppo tardi!».

Si mossero tutti. Il silenzio spettrale era interrotto solo dal lieve fruscio delle foglie scosse dal vento.

La porta di accesso, un enorme ammasso di metallo e legno, era sbarrata, ma non fu difficile per Dynowish aprirla. La magia dei sogni contenuta nel suo corno era ancora abbastanza potente.

Erano tutti nervosi, in attesa del peggio. I bambini continuavano freneticamente a puntare i loro bracciali ovunque, ma non emergeva nulla di sospetto. Il palazzo somigliava a un alveare, ogni stanza conduceva a un'altra, sempre più tetra e cupa. Avevano l'impressione che, invece di procedere sullo stesso piano, stessero sprofondando negli abissi della terra. Un'umidità fredda e pungente li faceva tremare. Le finestre alte e anguste, che si affacciavano sulle mura, erano state oscurate e la luce bandita dal castello. Intricati disegni, sbiaditi dal tempo, si sviluppavano sulle pareti: mostri con denti affilati, draghi feroci, creature fameliche. Ciascun dettaglio incuteva terrore. Alcune porte si aprivano su cortili esterni, infestati da una scura vegetazione.

«La torre che ci ha descritto Maryam si trova nella parte destra del castello, proprio quella dove abbiamo visto entrare gli incubi. Dobbiamo procedere ancora e poi salire le scale. Ma sembra davvero tutto troppo facile!» proseguì Dynowish come parlando tra sé. Poi, con tono deciso: «Procediamo, comunque. E state all'erta!».

Giunti alle scale che conducevano ai piani superiori, si accorsero che mancavano numerosi scalini. Erano letteralmente stati divelti per lasciare il posto a un baratro profondo e oscuro, da cui fuoriusciva un fumo leggero, dall'odore sgradevole e acre.

Dynowish disse a tutti di fermarsi. Pronunciò alcune parole e, in un istante, un ponte si materializzò, consentendo loro di passare oltre.

«Ancora niente?» chiese ai bambini.

«Nulla di nulla!» risposero.

Ma ecco che, di nuovo, un rumore sordo li fece sobbalzare. Poi, ancora silenzio.

«Dynowish, guarda!»

Da una fessura del muro si intravedeva qualcosa volare.

«Che cosa sono?» chiese Ginny agitata.

«Sono Osculabri, giganteschi uccelli rapaci. Ne vivono molti da queste parti, ma non sono pericolosi per noi... Almeno per ora!»

Proseguirono il cammino e presto si trovarono di fronte alla porta rossa. Con sorpresa, si accorsero che era stata lasciata socchiusa. Entrarono cautamente e videro a terra la valigia di Chepi. Il pavimento brillava, lucido come metallo. Chi, e perché, lo aveva pulito in quel modo? Al centro, la stanza presentava un avvallamento non troppo profondo, ma abbastanza grande da contenere un bambino accovacciato. Davanti a loro, aperta, c'era la finestra che aveva descritto Maryam, con l'iscrizione nera alla sommità, e ora priva di sbarre. Alcune pietre intorno erano state rimosse.

«Chepi è riuscita a fuggire!» esclamò Dynowish con sollievo.

«Ma voi no!»

Alle loro spalle una voce oscura e terrificante, una voce che una volta udita era impossibile dimenticare, li fece sobbalzare. Azimur li guardava, avvolto nel suo mantello nero, il bavero alzato, gli occhi scuri, vividi e feroci come quelli di una belva affamata. Al suo fianco, un bambino, più o meno dell'età di Ginny: occhi neri e profondi, la pelle chiara, i capelli ribelli.

«Ginny, guarda! Sembra Mizuar!» disse Leo, che non poteva credere ai suoi occhi.

«Oh bene, sei un bambino molto sveglio, a quanto pare! Adoro i bambini come te, ma solo quando sono sotto il mio controllo!» lo provocò il mago emettendo un ghigno diabolico.

Mizuar, al suo fianco, restava invece immobile come una statua di sale. Le braccia penzoloni lungo i fianchi, i piedi leggermente divaricati, gli occhi fissi nel vuoto, taceva come se non avesse sentito.

«Mizuar, mostra a questi sfacciati cialtroni come si comporta un bambino ubbidiente!» sibilò Azimur, e pronunciò alcune parole in una lingua incomprensibile.

Mizuar si scosse, come se fosse stato strattonato. Fissò un punto preciso dietro di loro, con una tale intensità che sembrava volesse trafiggere il muro. Un forte rumore li fece voltare. In un istante, un'enorme sfera nera li travolse, inglobandoli dentro di sé. E fu subito buio.

CAPITOLO 19

Il potere degli errori

Non potevano muoversi. Non tanto per la rete nera e viscosa che li soffocava, ma perché erano privi di forze. Il buio che li circondava non proveniva solo da fuori, scaturiva anche dalla loro mente. Paure, brutti ricordi, memorie tristi si affastellavano e si rincorrevano scacciando tutti gli altri pensieri. Rimanevano pietrificati come all'interno di un incubo: muoversi significava esserne divorati. Quella paura di cui avevano tanto sentito parlare si era ora fatta strada dentro di loro, soffocando i sogni e prendendo il controllo dei loro cuori.

Una risata crudele riecheggiava nell'aria. Azimur era riuscito con il suo inganno a bloccare e intrappolare i suoi più acerrimi nemici. Non vi erano più limiti al suo potere ora. Chepi e Agarth da soli non potevano contrastarlo.

«Mizuar, puoi andare. Vedo che sei in grado di direzionare gli incubi in modo preciso e in tempo brevissimo, a ogni mio comando. Ottimo lavoro!»

Ma Mizuar non rispose né si mosse. Rimase fermo a fissare sempre lo stesso punto dal quale era emersa quella orribile bolla nera. Azimur gli si avvicinò e gli parlò con tono più deciso.

«Allora resta dove sei, mi basta che arrivi non appena ti chiamo, è chiaro?»

Il bambino abbassò la testa in un impercettibile gesto di assenso.

«Bene!» disse il mago e, dopo aver pronunciato alcune parole magiche, svanì.

Un lieve rumore proveniva da un punto vicino alla bolla. Un fruscio, come se qualcuno si fosse mosso. Mizuar non sembrava prestare alcuna attenzione.

«Sempre a me capitano i compiti più difficili!» si udì borbottare Tyrox con la sua vocetta.

Quando l'incubo nero era piombato su tutti loro per intrappolarli, lui era inciampato e scivolato nell'affossamento del pavimento, cadendo e salvandosi così dalla presa micidiale.

«E adesso, come faccio a tirarli fuori dai guai? Se esco di qui c'è quella sfera pronta a divorarmi e, sotto di me, c'è roccia e solo roccia!» piagnucolava fra sé.

Si agitava, accovacciato in quella fossa, e con le zampe raschiava il pavimento cercando di creare un passaggio. Ma era fatto di pietra durissima che non si scalfiva. Disperato, iniziò a piangere con forti singhiozzi. Quasi all'improvviso, qualcosa di miracoloso lo zittì: una lunga fiamma usciva dalla sua bocca.

«Oh! Ma cosa mi sta accadendo? Sputo fuoco! Aveva ragione Dragonite. Se mangi alghe, erba e verdura come un Drago Marino, puoi diventare un drago, evviva!» esultò.

Si toccava la gola e la bocca e cercava di capire come mai non se ne fosse mai accorto prima.

«Sì! Sono diventato mezzo drago, un Drago Marino, di certo!»

Era frastornato, ma anche felicissimo. Si mise in posizione e provò ancora, ma non era poi così semplice. Spinse, sbuffò, alitò fino a sfinirsi, ma non usciva più niente. Si accasciò quindi a terra piangendo e lamentandosi di nuovo. Ed ecco che finalmente una nuova fiammata potente gli uscì dalla bocca, polverizzando il pavimento sotto di lui tanto da farlo precipitare in un lungo tunnel che gli sembrò non avesse fine. Finalmente, si fermò atterrando con il muso sopra un ammasso marrone, puzzolente e gelatinoso. Odorava di marcio ed emetteva un certo calore.

«Preferisco non sapere di cosa si tratta!» borbottò disgustato iniziando a pulirsi. «Ma sono libero, sono libero! Questo solo conta, perbacco!»

Scivolò giù da quel cumulo ripugnante, che occupava una piccola parte di un'enorme stanza vuota. Notò infatti soltanto alcuni macchinari dismessi accatastati da una parte e due porte ai lati opposti della stanza, una dirimpetto all'altra.

«Ah, di bene in meglio. E ora da quale porta devo passare per uscire da questo postaccio?»

Istintivamente scelse quella più lontana dalla puzza.

«Almeno, se muoio non sarò sommerso da quell'odore nauseante» mugugnò fra sé.

Raggiunse il fondo della stanza e si accostò alla porta. Non udì alcun rumore. La aprì con circospezione, ritrovandosi in una zona di passaggio: un loggiato conduceva a un'altra ala dell'edificio e si affacciava sulla corte esterna.

«Che fortuna sfacciata, da qui posso volarmene via!»

Si alzò in volo, trovandosi in un attimo alto nel cielo. Sfrecciavano vicino a lui quegli orribili Osculabri neri e minacciosi che aveva visto arrivando. Uno di loro gli si avvicinò con fare aggressivo ma Tyrox, con una rapida fiammata, lo allontanò.

«Sei sistemato ora! E non tornare da me, uccellaccio schifoso, o ti faccio diventare un bel pollo arrosto!»

Poi, guardandosi intorno allarmato, ricominciò a lamentarsi: «Mamma mia... E ora dove diavolo vado?».

Era talmente concentrato a fuggire che non aveva pensato a dove andare per chiedere aiuto. I suoi amici erano appena stati imprigionati da Azimur, mentre non sapeva dove trovare Chepi e Agarth. A chi avrebbe potuto rivolgersi? In preda allo sconforto iniziò a singhiozzare, ma solo un istante dopo un bel sorriso gli rischiarò il viso.

«So da chi andare! Da Ebishíris. Mi dirà lei che cosa fare!»

* * *

Non ci volle molto tempo e Tyrox si trovò alle porte di Ebilandia. Si accorse subito, però, che c'era qualcosa di strano. La luce, che usualmente emanava dagli anelli e dalla calotta protettiva intorno alla città, era molto fioca. Quasi impercettibile. Non si vedeva alcun movimento e il silenzio era totale.

«Io lì non ci entro! Eh no! Magari quegli orribili incubi appiccicosi sono arrivati fino a qui, e se mi intrappolano non potrò più muovermi. Ma se non posso più contare nemmeno sugli Ebiniani, che faccio ora?» piagnucolò fra sé sconsolato, sedendosi per terra.

«Oh, povero me, povero me! Io qui, solo soletto, a dover risolvere le sorti di tutti. Perché non me ne sono rimasto a casa, a occuparmi del mio bel ristorante?»

Ma un istante dopo aver pronunciato quelle parole, ebbe un lampo di genio e si mise a saltare e canticchiare felice.

«Poffarbacco, come ho fatto a non pensarci prima? Andrò da mio padre, e con i suoi T-Rex li faremo tutti fritti quei malvagi!»

Ciò detto, si alzò in volo e in un attimo era già lontano.

Non appena giunse al ristorante, la sua socia Dragonite, una draghessa a tre teste, gli si fece incontro avvolta in un grembiule rosso fiammante, parlando in draghese: «*Tyoxius ouu che ggioia verte acca! Mitu mancassi a miai... donde isti piccirillus?* (Oh Tyroxino, che gioia vederti qui! Mi sei mancato... Dove sei stato piccolino?)».

«Dragonite, non posso perdere un solo istante. Andiamo subito da mio padre, ti spiegherò strada facendo!»

La draghessa lo guardò sorpresa, poi senza chiedere altro si tolse il grembiule e i suoi tre grandi cappelli da cuoco, e si diresse con lui verso il palazzo del re Trox.

Quando arrivarono, il padre li accolse con gentilezza. Era stato inizialmente un grosso smacco per lui, potente sovrano dei valorosi T-Rex, il fatto che il figlio si fosse dato alla cucina, ma a Tyroxilandia il ristorante era diventato in breve molto noto ed era apprezzato da tutti. A malincuore, quindi, se ne era fatto una ragione. E ora, a dire il vero, ne era persino orgoglioso, anche se non lo avrebbe mai ammesso.

«Dove sei stato, figliolo?» gli chiese.

«È accaduto qualcosa di sconvolgente, padre!»

In breve tempo lo aggiornò sull'accaduto.

«Non abbiamo un attimo da perdere! Gli incubi di Azimur agiscono in modo terribile. Le vittime vengono prima paralizzate e avvolte con una rete soffoca-sogni, poi cadono in uno stato di profonda angoscia e paura. A quel punto gli incubi sono capaci di manipolarle fino a togliere loro qualsiasi energia e le rendono schiave. Noi da soli non possiamo vincere contro la loro forza. Dynowish ti ha per caso detto dove pensa si trovino Chepi e Agarth?»

«No, purtroppo non ne abbiamo avuto il tempo. Ma Chepi è riuscita a scappare dalla prigione di Azimur, questo è certo!»

«Mi è venuta un'idea. Molto tempo fa, quando ero ancora giovane e temerario, ho aiutato Chepi in una missione molto difficile: salvare dei sogni che si erano persi in un luogo molto lontano, in cima a una montagna ai confini della Terra di Somniarosa. I Somniarosa sono fiori speciali e possiedono un profumo delicato e rilassante che infonde calma e serenità ai sogni. Il loro stelo è preziosissimo: da esso si ricavano i condotti che collegano le Lacrime della Luna allo Scrigno dei Sogni. Ricordo che in quell'occasione mi disse: 'Se mai un giorno dovessi aver bisogno di nascondermi e di riflettere, non potrei pensare a un luogo migliore di questo'. Non è molto, lo so, ma credo che si debba fare un tentativo!»

Poi, rivolgendosi a due mastodontiche guardie che sorvegliavano la porta d'accesso, ordinò: «Andate a chiamare il comandate della nostra armata. Lo voglio qui immediatamente!».

Le guardie si allontanarono di gran passo e nel giro di pochi minuti entrò una gigantesca figura, bardata con un'armatura luccicante. Con agilità incredibile si inginocchiò al cospetto del re.

«Sire, ai vostri comandi!»

«Turrinex, dobbiamo partire ora con la guardia scelta del palazzo. Andiamo nella Terra di Somniarosa a cercare Chepi. Il mondo dei sogni è in enorme pericolo. Ebilandia stessa è stata intrappolata in un incubo di Azimur!»

A quelle parole, Turrinex si alzò con un balzo come se avesse ricevuto una frustata.

«Maestà, saremo pronti in un attimo!»

Dopo pochi minuti il salone si riempì di soldati. Erano circa un centinaio di possenti T-Rex, mettevano paura solo a guardarli: un esercito composto sia da maschi che da femmine, finemente addestrati.

Uno di loro stava alla destra del comandante, in posizione ben eretta, e aveva un aspetto altrettanto imponente. Si trattava di Troxuss, fratello di Tyrox. Quest'ultimo, guardandolo, confrontava con lui le proprie dimensioni, ben più modeste, sentendosi inadeguato. Ma il padre non gli dette il tempo di rattristarsi.

«Questa battaglia non sarà un gioco da ragazzi. I poteri di Azimur sono enormi ora. Grazie a mio figlio Tyrox però, che valorosamente è riuscito a fuggire alla trappola di Azimur, abbiamo ancora una possibilità. Ben fatto figliolo!»

Tyrox si emozionò, si fece rosso come un pomodoro e, per la prima volta in vita sua, si sentì davvero parte della famiglia.

Si mise quindi a fianco del padre, sollevando il muso con fierezza.

Poi, il re proseguì: «Partiremo ora, ma non vi nascondo il pericolo. Rischieremo di essere noi stessi divorati da quegli incubi orribili. Se così accadesse, non solo i nostri sogni saranno perduti, ma tutti i sogni del mondo. Combattiamo una battaglia durissima, con la speranza che i sogni non finiscano mai!».

«Evviva i sogni!» tuonarono tutti in coro. E subito dopo, incalzati da Tyrox, gridarono all'unisono con fervore:

«*Se nei sogni fede avremo, sempre li realizzeremo!*».

Fu un giorno storico per Tyroxilandia. Mai si era assistito a un simile dispiegamento di forze. I pochi rimasti in città quel giorno videro un'enorme nuvola nera alzarsi nel cielo e dirigersi verso sud. Avrebbero atteso il loro ritorno con ansia, tenendo il fiato sospeso.

CAPITOLO 20

Una ricerca disperata

Quando raggiunsero la destinazione, non era ancora buio. Sotto di loro si estendeva un paesaggio fantastico. Circondata da colline morbide come velluto, una valle lussureggiante ospitava una distesa di piante e fiori stranissimi e meravigliosi, tra i quali spiccavano steli verdi fosforescenti, possenti e robusti come tronchi di quercia. Trox fece fermare tutti.

«Ecco finalmente i Somniarosa. Vedete, sono fiori giganteschi. Quando fioriscono i loro petali si intrecciano formando un intricato ricamo che oscura completamente il cammino sottostante; per fortuna sbocciano soltanto in autunno, quindi ora la ricerca non dovrebbe essere troppo difficile!»

Arrivati nel luogo indicato, Trox li divise in squadre di ricerca in modo da perlustrare tutta l'area. Passarono alcune ore ma di Chepi nessuna traccia, nemmeno qualche indizio utile.

«Maledizione, la mia idea non ha funzionato!» si infuriò il re. «Cercate ancora ovunque, non possiamo arrenderci così!»

Camminava su e giù corrucciato. Si allontanò dagli altri come per raccogliere meglio i pensieri.

Tyrox, che ormai si sentiva più sicuro di sé, gli si avvicinò.

«Padre, mi è venuta un'altra idea. Chepi potrebbe forse essersi rifugiata nella casa di Annamaria, la nonna di Ginny e Leo... La postazione "A2A", per intenderci» suggerì timidamente.

«Un luogo alquanto pericoloso, direi! Azimur la tiene sotto controllo e tutto intorno ha disseminato centinaia di Turxin! Perché dovrebbe essersi nascosta lì?» chiese alzando una zampa in gesto interrogativo.

«Proprio per questo: avrà pensato che Azimur escluda di cercarla lì e inoltre lei è esperta nell'eludere i controlli dei Turxin» rispose lui.

«Acuta ipotesi figliolo, cucinare aguzza l'ingegno, quindi!» concluse con malcelato orgoglio per il figlio.

Tornando alla sua precedente postazione in cima alla collina, si rivolse al suo esercito con voce tonante: «Rientrate tutti a Tyroxilandia. Io mi dirigerò con mio figlio Tyrox e Dragonite alla postazione di controllo sogni "A2A". Se andassimo tutti insieme potremmo destare sospetti. Dobbiamo verificare la zona senza farci vedere. State pronti a intervenire in qualsiasi momento. Che la fede nei sogni vi accompagni!».

E ognuno si diresse verso la destinazione assegnata.

Era buio quando raggiunsero la casa. Si accorsero subito che c'era qualcosa di anomalo.

La porta di ingresso era socchiusa e una leggera corrente d'aria la faceva sbattere lievemente. Girando intorno alla casa, constatarono che la finestra della soffitta era stata forzata dall'esterno.

"Se Catrine fosse stata qui quando sono entrati, avrebbe sentito dei rumori e si sarebbe allarmata" pensò Tyrox tra sé. "Quindi lei non era a casa". Dopo questa riflessione, si rivolse agli altri.

«È meglio dividerci: Dragonite, tu vai sul retro e verifica se è possibile passare da lì. Io invece provo a entrare passando dalla finestra. Padre, vi prego, attendeteci qui. Se qualcosa dovesse accadere a noi due, voi sareste la sola speranza per andare a chiamare rinforzi!» Parlava ora in tono deciso. Sentiva quella missione come sua e il padre per la prima volta lo ascoltava dandogli modo di agire, senza criticarlo.

In breve tempo, Tyrox era già entrato. Qualcosa di vischioso lo fece indietreggiare. Vide una grande rete che ricopriva quasi interamente la porta e poi un'ombra a forma di sfera che ondeggiava nell'aria.

«Maledizione! Come temevo! Se si è impossessato anche di questa postazione, siamo davvero messi male!»

Riuscì però a spostarsi in tempo per non essere avvolto dalla terrificante bolla nera. Si accucciò e notò che le scale erano libere.

«Adesso o mai più!» gridò, sfoderando la sua grinta. E corse su veloce, fino a raggiungere la soffitta, che trovò deserta.

C'erano vari oggetti riposti negli scaffali, qualche libro sul pavimento, un brocca rotta e, dietro la libreria, una porta era spalancata su una stanza vuota. Si vedevano solo pareti spoglie e lugubri.

Dragonite lo raggiunse di lì a poco. Aveva divelto una finestra di cui teneva ancora un'anta in una zampa.

«Non c'è nessuno nemmeno qui!» disse Tyrox affranto.

Decisero di tornare da Trox.

«Non so proprio che fare ora, padre! La postazione è stata distrutta...»

«A dire il vero, a questo punto nemmeno io, figliolo!»

In lontananza scorgevano le luci del villaggio. Si sedettero su una panchina del giardino, ancora sommerso di neve. Le zampe sulla fronte, erano intenti a pensare a una possibile soluzione.

Tyrox si accasciò su un tavolo che si trovava lì accanto e, come tra sé, iniziò a parlare con voce nostalgica.

«Sembra ieri che eravamo tutti insieme e parlavamo con Maryam... e Reem...»

Improvvisamente balzò ritto sulle zampe, come se avesse ricevuto una scossa elettrica. Si schiaffeggiò la fronte e gridò: «Ma certo! Certo, i bambini! Loro potranno aiutarci, solo loro. Dynowish ci ha sempre detto che occorre avere fede nei sogni per poterli salvare. E chi più dei bambini crede nei sogni? Maryam, Reem, Haya e Suheil sono la risposta. Hanno partecipato tutti all'avventura nel bosco. Ecco gli alleati che ci occorrono in questo momento!».

«Figliolo, tu credi davvero che ci seguiranno tutti? È una missione molto pericolosa...»

«Non abbiamo scelta, padre. Dobbiamo almeno tentare. Andiamo!» disse alzandosi in volo con decisione, in direzione della casa di Maryam e Reem.

Tyrox atterrò per primo sul davanzale della finestra di Maryam, che era sprofondata sulla poltrona e stava dormendo. Un libro voluminoso giaceva aperto sul pavimento, ai suoi piedi. Reem invece era ancora sveglia e giocava in un angolo. Non appena lo scorse là fuori, spalancò la finestra emettendo un gridolino di gioia.

«Ben tornato, piccolo! Ma dove sono gli altri?»

In quel momento si stavano facendo avanti Dragonite e Trox, il cui aspetto non era del tutto rassicurante. Reem scosse la sorella che, dopo aver aperto gli occhi, rimase immobile per qualche istante fissandoli e poi, sollevandosi con il pugno alzato, li minacciò: «Dove avete nascosto i miei amici?».

Il suo tono era fermo e leggermente aggressivo.

«Maryam, sono Tyrox, mi riconosci? Non avere paura, loro sono con me!» si affrettò a spiegare per tranquillizzarla. «Questo è Trox, mio padre, e lei è Dragonite. Non lasciarti ingannare dal loro aspetto: sono dei nostri! Ora ascoltate, vi aggiorno su quanto è accaduto».

In breve, Tyrox le mise al corrente riguardo alla spedizione, all'incontro con Azimur e agli incubi che avevano intrappolato tutti nella torre. Subito dopo, raccontò del viaggio a Ebilandia e di quanto era accaduto nella casa di Annamaria.

«Per i capelli di Barbablu! E adesso che facciamo?» chiese Reem, con un tono più impaziente che spaventato.

«Abbiamo bisogno di tutti voi, ora. Andiamo da Haya e Suheil. Speriamo che vogliano seguirci. Non è una missione facile, il rischio di perdere tutti i sogni ormai non è più solo un timore. La situazione sta precipitando! Domani il plenilunio coincide con la notte precedente la vigilia di Natale, una combinazione potentissima: è l'ultimo giorno per ristabilire il flusso delle Lacrime della Luna!»

Maryam e Reem salirono veloci a cavallo di Dragonite che, non riuscendo a passare tutta intera dalla finestra, aveva infilato dentro la stanza soltanto la lunga coda.

«Attente a Dragonite, bambine. Non le piace essere strattonata, ha una pelle molto sensibile!»

Le sorelle si lanciarono uno sguardo di terrore, ma non ebbero tempo per pensare poiché, in un batter d'ali, erano già in cielo sopra i tetti.

Dopo alcuni minuti, si trovarono davanti alla casa dei nonni di Haya e Suheil. Si accorsero subito che i due bambini non erano soli: con loro nella stanza c'erano infatti anche Zaina, Amir e Lea.

«Siamo fortunati, padre!» disse Tyrox, sfoderando un bel sorriso. «Tutti i bambini in un colpo solo!»

Bussarono alla finestra. Haya si guardò intorno sospettosa, poi emettendo un grido corse ad aprire.

«Maryam, Reem... Ma che fate lì sopra?»

Tyrox nel frattempo si era avvicinato a lei, cercando di non spaventarla.

«Pussa via lucertola gigante, non mi fai paura! Ora prendo un tizzone dal camino e ti faccio vedere io!»

Maryam immediatamente gridò: «Haya, lascialo stare! È dalla nostra parte, ascoltalo per favore. Ginny e Leo sono in pericolo!».

Intanto, gli altri bambini si erano avvicinati alla finestra. Zaina e Lea, gli occhi spalancati come due fanali, sembravano terrorizzate. Amir, armato di un bastone e delle immancabili manette, cercava di nascondere la sua paura. Suheil era rimasto immobile, incerto sul da farsi.

Tyrox cercò di entrare nella stanza, inciampando nel telaio della finestra e cadendo a testa in giù sul pavimento. Le corte zampette in aria si muovevano senza controllo, come per cercare un appoggio. Anche questa volta la sua goffaggine fece miracoli. I bambini si misero a ridere a crepapelle, le loro paure svanirono come per magia.

«Non mi sembra il caso di ridere ora!» disse lui, rialzandosi impacciato. «Se volete perdere tempo, io non ne ho molto, e nemmeno i vostri amici, ve l'assicuro...»

Maryam gli si parò di fronte guardando tutti, accigliata.

«Smettete di ridere, per favore! Tyrox è l'unico scampato alla trappola di Azimur, è un vero eroe!» li redarguì. Poi sospirò con forza e proseguì, rivolgendosi a lui, che nel frattempo si era rialzato: «Devi scusarli, ma era un po' strano vederti lì, a terra. Adesso aggiornali sull'accaduto, non c'è tempo da perdere».

Tyrox con tono di sufficienza raccontò tutto, dando spiegazioni dettagliate ed enfatizzando i particolari della sua fuga e della sua audacia.

«Ma dimmi, una cosa non mi è chiara. Come fai a essere certo che questa tale Ebishíris non ci possa aiutare? Se ha così tanti poteri è meglio andare da lei, non credi?» chiese Haya.

«Ve l'ho detto. Ebilandia non era lo stesso luogo che avevo lasciato, di questo sono certo. Gli anelli luminosi che usualmente la circondano erano praticamente spenti e la cupola esterna non emanava la solita luce. Entrare comporta un grande rischio. Potremmo venire intrappolati.

Dobbiamo liberare i nostri amici. Soltanto tutti insieme, uniti, saremo abbastanza forti per dare del filo da torcere ad Azimur».

Trox si parò loro innanzi, in tutta la sua possanza. Prima di parlare li fissò uno a uno, dritto negli occhi, con lo sguardo serio e, dopo un attimo di silenzio, esclamò: «Non è il momento di tergiversare, occorre agire prima che sia troppo tardi. Siamo pronti a partire. Ho mandato due dei miei a chiamare anche gli Unicorni, gli Gnomi dei Ghiacci e i Cavalli Volanti perché si uniscano a noi: molti di loro sono ancora dalla nostra parte. Forse anche Massinur, il grande re dei Ragni Giganti, potrà arrivare in tempo! Purtroppo le sue terre sono molto lontane. Speriamo che ce la faccia. Ci incontreremo tutti nel palazzo reale tra meno di un'ora. Chi decide di seguirci, venga adesso. Partiremo fra pochi minuti!».

Haya si avvicinò a Maryam, per parlare da sola con lei velocemente. Poi chiamò gli altri, che si disposero subito in cerchio come erano soliti fare quando dovevano prendere qualche decisione importante.

«Ricordate la promessa fatta a Ginny e Leo, di proteggere i sogni?» disse Maryam rivolgendosi al gruppo di amici. Ma tutti erano impegnati a discutere tra loro e non le prestarono attenzione.

Amir gesticolava visibilmente, rosso in viso, parlando con Suheil, mentre Reem lo contrastava con il suo piccolo pugno alzato in aria. Zaina, abbracciata a Lea, scuoteva la testa preoccupata mentre le sussurrava qualcosa all'orecchio. Haya invece era incredibilmente taciturna. Fissava fuori dalla finestra come se stesse raccogliendo i pensieri.

«Fate silenzio! Per favore!» disse con autorevolezza Maryam. Aveva un tono di voce così determinato che tutti tacquero immediatamente. «Bene, grazie! Ora parlate uno alla volta, altrimenti non arriviamo a niente. Il tempo stringe e Ginny e Leo sono in grave pericolo!»

Ne seguì un'accanita discussione, dopo la quale i bambini giunsero unanimi a un accordo, e Maryam si avvicinò alla finestra esclamando: «Siamo pronti e abbiamo deciso. Veniamo tutti!».

Tyrox era raggiante.

«Bene, partiamo allora!»

In groppa a Dragonite ora c'erano Maryam, Reem, Zaina e Lea, mentre Trox trasportava Amir e Suheil.

Haya cavalcava Tyrox e si lamentava, urlando. Non volavano in alto come gli altri e lei, dimenandosi in quel modo, non aiutava certo il piccolo dinosauro a prendere quota. Lui sbuffava e, agitandosi, cominciò a sputare fuoco. Le fiamme uscivano ora molto vigorose, come un vero drago. Dragonite vedendolo si commosse e gli si avvicinò con una brusca virata che per poco non fece sbalzare via le bambine.

«Che cosa state facendo?» urlò Zaina terrorizzata.

Ma Dragonite, ignorandola, disse con voce commossa: «*O picciolinu miu oh riuscissi ar fuoco sine dimme nuilla. Sii brev* (Oh piccolino mio sei riuscito a sputare fuoco e non mi hai detto nulla! Che bravo sei!)».

E gli lanciò un grosso bacio con lo schiocco. Trox, davanti a loro, non si era accorto di quanto stava accadendo alle sue spalle e Tyrox cercò di non fare notare la cosa. Temeva che suo padre ne sarebbe stato contrariato. Apparteneva al popolo dei T-Rex in fin dei conti, e proprio da poco era entrato a pieno diritto nella famiglia: non voleva perdere quell'onore.

Haya, dal canto suo, era molto compiaciuta di trovarsi a cavallo di un mostro sputafuoco e smise di lamentarsi, dandosi invece un tono di sufficienza.

Non ebbero molto tempo per queste distrazioni. Si ritrovarono ben presto a Tyroxilandia, dove trovarono tutti già allineati, pronti alla partenza. Tra loro riconobbero anche Draghi, Unicorni e Cavalli Volanti, gli Gnomi dei Ghiacci e tanti altri. I bambini rimasero esterrefatti dalla dimensione dello schieramento e da come sembravano tutti ben organizzati.

Trox, affacciato alla finestra principale del castello, cominciò il suo discorso.

«A voi cari amici qui riuniti, un grazie prima di tutto. Ancora una volta dimostrate la vostra fede e la vostra motivazione a salvare i sogni! Un ammonimento è necessario prima di partire per questa missione: nessun vacillamento o dubbio sarà concesso. Conoscete da molti anni le reti di Azimur. Rappresentano trappole terribili, ma sono nulla in confronto a questi incubi artificiali. Per questo, tenete sempre a mente il nostro motto:

Se nei sogni fede avremo, sempre li realizzeremo!

I sogni hanno assoluto bisogno di tutta la nostra fiducia e determinazione!» Infine, schiarendosi la voce e alzando la zampa destra con un gesto di orgoglio, concluse: «Lascio ora la parola al mio valoroso figlio Tyrox, l'unico che è riuscito a sfuggire dalla trappola di Azimur. A lui concedo l'onore di illustrarvi il nostro piano di attacco!».

Il musetto di Tyrox avvampò. Non si aspettava che il padre lo ritenesse all'altezza di parlare di fronte a migliaia di creature, oltretutto in una simile situazione di emergenza.

Inevitabilmente inciampò prima di raggiungere l'affaccio, sbattendo il gomito in un angolo della portafinestra, ma si rialzò fingendo di aver fatto un inchino.

«Azimur ha intrappolato Dynowish, Ginny, Leo, Helas, Lady Uni e Joy nella torre più a nord del suo Regno. Come ha detto ora mio padre, sono l'unico che è riuscito a fuggire. Anche se con lui si sono schierati molti che erano nostri alleati, non dobbiamo abbatterci, siamo comunque in migliaia qui riuniti, e tutti crediamo fortemente nei sogni. Al nostro fianco, pronti a combattere, vedete questi bambini. Ci hanno seguito senza esitazione e stanno rischiando tutto per salvare non solo i loro amici, ma anche i sogni di tutte le persone del mondo. Se agiremo insieme, la potenza della nostra fede nei sogni riuscirà a distruggere l'incubo che avvolge Dynowish e i bambini. Il Natale è alle porte e non può esistere in assenza dei sogni: non dobbiamo lasciare che ciò accada!»

Tra la folla si cominciavano a udire urla di incitamento e di supporto.

Tyrox con un gesto della zampa fece di nuovo tacere tutti prima di proseguire: «Dopo aver liberato i nostri compagni dovremo immediatamente dirigerci a Ebilandia e poi agli Alberi della Luna, per far confluire nuovamente tutte le Lacrime all'interno dello Scrigno dei Sogni. A quel punto vedremo il da farsi per annientare Azimur una volta per tutte. Partiamo dunque, e che i sogni ci proteggano!».

Un urlo fortissimo si sollevò verso il cielo. Un urlo di fede e di speranza. Ciascuno avrebbe combattuto fino alla fine, senza esclusione di colpi.

CAPITOLO 21

La fine dell'incubo

Quel pomeriggio, lo smisurato esercito dei valorosi radunatisi fino a quel momento si alzò nel cielo e lo rese scuro e tetro come se milioni di uccelli avessero deciso, nello stesso istante, di raggrupparsi per volare allineati uno al fianco dell'altro. L'ombra che proiettavano sulla terra ricopriva un perimetro immenso.

In testa all'armata, Tyrox accanto al padre e a Dragonite; li seguiva un folto manipolo di T-Rex e, in successione, un gruppo di Unicorni, di Cavalli Volanti, di Draghi e di Gnomi dei Ghiacci. Massinur non era ancora tra loro ma, qui e lì, si distinguevano anche quei pochi Arrowhead, Turxin e Marinis rimasti loro alleati, oltre a tante altre fantastiche creature.

A nessuno importava quale fosse il luogo di provenienza degli altri. Una cosa sola importava: liberare i sogni.

In breve tempo avvistarono il castello e la famigerata torre. Nulla sembrava essere diverso da quando l'aveva lasciato Tyrox. Trox si fermò e ingiunse a tutti di fare lo stesso.

«Aggireremo la torre dall'alto. Io entrerò all'interno con i bambini, Tyrox e Dragonite, mentre tutti voi resterete all'esterno compatti e pronti a intervenire. A un mio cenno, pronunceremo insieme la frase di rito per liberare i sogni. Qualsiasi sia l'incantesimo di Azimur, lo spezzeremo di certo. La nostra fede abbatterà tutti gli ostacoli. Ora pronti... Via!»

In un attimo, la torre fu avvolta da un mantello brulicante. I bambini entrarono per primi. Lo spettacolo innanzi a loro li raggelò: videro i loro amici immobili, gli sguardi spenti, le bocche ancora spalancate dallo spavento. Una rete nera li avvolgeva e un angoscioso silenzio, mai sperimentato prima, li circondava. Un cupo sentimento cominciò a insinuarsi nei loro cuori. Lentamente penetrò in loro una paura così intensa, forte e pulsante da togliere il respiro.

Haya si fece avanti e disse: «Presto, uniamo le nostre mani e recitiamo la frase che ci hanno insegnato Ginny e Leo. Occorre avere fede nella riuscita. Insieme ci daremo forza e ci aiuteremo!».

Un attimo dopo Tyrox, Trox e Dragonite li raggiunsero all'interno. Il re fece il segno concordato e un grido simile a un canto sgorgò all'unisono:

«*Se nei sogni fede avremo, sempre li realizzeremo!*».

In un istante, la bolla oscura intessuta in quella rete vischiosa che circondava Dynowish e i bambini iniziò a dissolversi, e loro tornarono a sorridere.

Fu un momento di grande commozione per tutti. Erano stati finalmente strappati dalle grinfie di un terribile incubo e provavano ora quel sollievo che si avverte quando, svegliandosi, si realizza che ciò che appariva reale non è invece mai accaduto.

Leo fu il primo a parlare: «Non credo ai miei occhi! Ci siete tutti! Grazie, amici...».

Ginny, commossa, non disse nulla, sembrava troppo stanca perfino per sorridere, ma abbracciò forte le sue amiche e Lady Uni, che ricambiarono con slancio, mentre Joy scodinzolava felice.

Amir strinse la mano a Leo e si precipitò a rassicurarlo: «Ovvio che saremmo venuti, che cosa pensavi? Che vi avremmo lasciati marcire qui dentro? Gli amici sono amici per sempre, no?». Poi si allontanò, per non commuoversi.

Suheil aveva invece abbracciato Leo, che lo stringeva forte, ridendo. Si aggiunse a loro Tyrox, che nello slancio inciampò nel piede di Helas. Caddero tutti a terra, scoppiando in una fragorosa risata.

Dynowish guardava tutti e sorrideva. Ginny fu la prima ad accorgersi che aveva cominciato a emanare una luce più intensa e il suo corno brillava come quando lo avevano conosciuto.

«Guardate! Dynowish sta recuperando tutti i suoi poteri!»

A quelle parole, mille e mille occhi lo fissarono e assordanti grida di gioia esplosero da tutte le direzioni.

Lui si fece avanti: «Carissimi amici, grazie di cuore di essere qui e soprattutto della vostra fede nei sogni. Tyrox sei stato eccezionale a non cadere nella trappola. Senza di te non ce l'avremmo mai fatta! Purtroppo non possiamo gioire fino a che non avremo convogliato nuovamente le Lacrime della Luna nello Scrigno dei Sogni. Questa è la notte che precede la vigilia di Natale. Occorre viaggiare uniti fino a destinazione. Una volta raggiunta la radura e liberato il flusso della linfa, Ebilandia sarà di nuovo in grado di lavorare sui sogni e per Azimur sarà impossibile produrre nuovi incubi. Solo a quel punto ci divideremo per cercare gli altri. Andiamo!».

I bambini si disposero come prima. In testa a guidarli c'era di nuovo Dynowish, con in groppa Ginny e Leo e, a seguire, gli altri. Ebilandia non era troppo lontana, ma arrivarono alla radura che era già buio. Gli alberi apparivano diversi da prima. Più neri e minacciosi. Si udiva qualche fruscio soffocato alternato a silenzio. Sembrava che qualcuno li spiasse. Anche se così fosse stato, nessuno avrebbe osato avvicinarsi. Erano in troppi. Tutti temevano solo una cosa: che Azimur arrivasse prima della fine della missione. I suoi poteri erano ormai diventati immensi.

Si fermarono davanti all'albero più grande. Dynowish, Lady Uni, Dragonite e le bambine si appostarono a controllare l'ingresso. Sparsi ovunque nel bosco e nel cielo, gli altri pattugliavano la zona.

Leo, Amir e Suheil, seguiti da Tyrox e Helas, raggiunsero veloci la stanza che conteneva le Lacrime della Luna, per liberare tutti i condotti ancora occlusi. Ciascuno era munito di un coltellino e seguiva le indicazioni di Leo, che già sapeva come meglio agire per liberare il flusso. Helas intanto aveva estratto dalla sua sacca il ramo donato loro dal re Ebinio, per fare in modo che il liquido si dirigesse più rapidamente verso la direzione giusta. Inizialmente erano stati fiduciosi di poter svolgere la loro missione con estrema rapidità, ma l'operazione si fece più lunga e difficile del previsto. I condotti erano ostruiti da una sostanza dura, che si riformava ogni volta che la rimuovevano. Bastava ne rimanesse anche una piccolissima traccia, che immediatamente tornava a occludere l'apertura. Leo si rese conto che l'unico modo per eliminarla era staccarla con un colpo netto nel punto dell'imboccatura.

«Sembra che Azimur abbia escogitato qualche altro trucco! L'imboccatura è troppo larga per liberarla con un solo coltellino. Dobbiamo farlo tutti e tre insieme contemporaneamente!»

Erano talmente indaffarati nella loro missione da non accorgersi che qualcuno si era nascosto nella stanza e li stava osservando.

A Leo sfuggì dalle mani il coltellino, che cadde al suolo. In quel momento, intravide un'ombra dietro a una colonna. Un senso di disagio lo pervase. Non si spiegava il perché, ma aveva la sensazione di sapere chi fosse. Ebbe il sangue freddo di non gridare e non dire nulla. Il coltello era scomparso. Ne estrasse un altro più piccolo dalla tasca dirigendosi verso i suoi amici ma, in quel preciso istante, avvertì di nuovo quella presenza. Per terra, davanti a lui, ritrovò il suo coltello insieme a una spugna.

Quando li raccolse, una voce bassa e gentile gli sussurrò: «Sfrega il tubo con la spugna prima di usare il coltello. È imbevuta di un liquido speciale. Lo libererai in un attimo!».

Leo si girò ma non vide nessuno. Nonostante ciò, mormorò:« Grazie, lo farò!».

La spugna fu miracolosa e tutto si velocizzò al punto che in pochi minuti ebbero finito.

«Ma dove diavolo hai trovato quella spugna?» chiese Amir, ammirato.

«Sai che tengo sempre un sacco di cose in tasca...» mentì Leo, abbassando lo sguardo.

Tyrox li sollecitò a uscire veloci. Quando tutti furono sulle scale, Leo si fermò, scostandosi dagli altri, appoggiò il suo coltellino a terra e sussurrò: «Questo coltello è la cosa più preziosa che ho. Era di mio nonno. Adesso è tuo! Grazie, ci hai salvati!».

E si allontanò, raggiungendo gli altri.

Fuori, tutti li aspettavano ansiosi. Una volta usciti, Dynowish si avvicinò loro e disse: «Ben fatto, a tutti voi. Il primo grande passo è compiuto! E ora, verso Ebilandia!».

Appena giunti vicino alla città, fu loro chiaro che tutto era tornato come prima. I bambini non l'avevano mai vista così luminosa. Dynowish iniziò ad assegnare i compiti a ciascuno.

«Ginny, Leo: voi verrete con me da Ebishíris e poi a cercare Chepi e Agarth. Maryam e Reem, andrete con Lady Uni a informare chi non era con noi di quello che sta accadendo. Sono certo che molti altri ci seguiranno. Haya, Helas e Tyrox, insieme a Joy andrete alla casa nel bosco, a verificare se Massinur è ancora lì. Trox, Amir e Suheil, controllerete i gruppi di sorveglianza. Zaina e Lea, resterete con Dragonite a sorvegliare gli Alberi della Luna. Ora che il flusso è stato liberato e lo Scrigno dei Sogni funziona di nuovo, siamo sulla buona strada!»

Subito, ognuno si diresse nella direzione indicata. Dynowish, Ginny e Leo avevano già raggiunto Ebishíris, tutta indaffarata intorno allo Scrigno che ora quasi traboccava, quando forti urla li scossero facendoli girare. Provenivano dal palazzo reale.

Un gruppo di Ebiniani correva gesticolando nella loro direzione. Sorreggevano in alto una portantina dorata, su cui trasportavano qualcuno. Appena furono vicini, fu evidente che si trattava di una giovane Ebiniana. Un abito elegantissimo la avvolgeva e indossava la sua sfavillante corona: era Ebilinia.

Appena la principessa scorse Dynowish, fece fermare i suoi, scese dalla portantina e gli corse incontro trafelata, urlando: «Nel mio incubo ho visto che Chepi è stata nuovamente catturata, insieme ad Agarth, dallo spietato Azimur! Erano intrappolati in una delle sue reti e mi supplicavano di liberarli subito! Azimur li sposta di continuo. Erano rinchiusi in una casa sommersa dalla neve, proprio nel fitto di un bosco, e ovunque si vedevano di guardia gruppi di Arrowhead e Turxin».

«Oh no, maledizione! La casa nel bosco! Dobbiamo partire seduta stante prima che Haya, Helas e Tyrox la raggiungano. Se quel perfido mago imprigionasse anche loro, tutto per lui sarebbe più facile. Potrebbe pensare di prendere Tyrox in ostaggio, ricattare Trox per farlo passare dalla sua parte, e chissà cos'altro!» esclamò Dynowish, facendo un gesto ai bambini affinché lo seguissero. Poi si avvicinò a Ebishíris e domandò: «Quanto tempo ti occorre per ripristinare tutto? Siamo in tempo per il picco di luna piena prima della vigilia di Natale?».

La fata sembrava preoccupata, ma rispose: «Abbiamo poche ore, faremo l'impossibile. Il picco di luna piena sarà questa notte. Siamo già tutti al lavoro. Ora andate, non pensate a noi, ma a salvare Agarth, Chepi e gli altri. E che i sogni vi proteggano!».

I tre, con un gesto di saluto, partirono veloci verso la foresta. Avevano la gola stretta in una morsa d'acciaio, consapevoli che il destino di tutti era nelle loro mani.

CAPITOLO 22

Non è detta l'ultima parola

Con un lieve movimento del corno, Dynowish si alzò in volo ancora più in alto di prima, tanto in alto che ai bambini sembrò quasi di toccare la luna che stava sorgendo. Li ammonì perché si tenessero ben saldi: a quell'altezza sarebbe andato molto più veloce. Un vento gelido sferzava i loro volti e li costringeva a tenere gli occhi socchiusi. Erano avvolti nei loro caldi giacconi ma, nonostante ciò, sentivano lunghi brividi correre lungo la schiena. Era forse la consapevolezza del fatto che questa sarebbe stata la battaglia risolutiva.

Ginny sussurrò a Leo: «Credi che ci sarà anche la nonna? Nessuno parla di lei!».

«Spero che sia al sicuro, da qualche parte!» le rispose il fratello.

Sotto di loro, tetti e finestre illuminate si alternavano a candide foreste avvolte di neve. Era un'emozione vedere tutto ciò da lassù, e in effetti quello sarebbe stato un momento meravoglioso se non fossero stati in missione. Ma la bellezza ha sempre un potere speciale: risveglia i sogni. I bambini ammiravano estasiati il panorama. Un senso di pace li avvolse.

Per qualche breve istante dimenticarono tutto, abbandonandosi a contemplare ciò che scorreva sotto i loro occhi.

Ma non ebbero molto tempo per goderne. In breve, atterrarono davanti alla casa. Tutto era buio e silenzioso. Di tanto in tanto, a rompere la quiete, si udiva il verso di un gufo o il fruscio delle foglie quando il vento attraversava la foresta.

«Occorre dividerci» disse Dynowish sottovoce. «Voi passerete dal retro, io entrerò dalla porta principale!»

I tre si separarono, come concordato. Ginny e Leo si tenevano per mano. Erano terrorizzati all'idea di incontrare Azimur da soli e di venire intrappolati in quegli incubi orribili. L'esperienza vissuta nella torre era stata devastante per entrambi.

Dynowish era già fuori dalla loro vista, quando i due fratelli raggiunsero il retro della casa, e un ghigno orribile li fece voltare. Ciò che più temevano era divenuto realtà: davanti a loro apparve Azimur, accompagnato da numerosi Arrowhead e Turxin che li guardavano in modo minaccioso.

«Benvenuti cari bambini, vi stavamo aspettando! Abbiamo organizzato una bella festa per tutti voi!» ridacchiò lui in tono sarcastico. Poi fece un gesto deciso con la mano e pronunciò a bassa voce alcune parole. In un attimo, apparve Mizuar. Era pallido e triste come l'ultima volta che lo avevano visto. Il suo corpo sembrava comandato, come se fosse un robot.

«Abbiamo di nuovo i nostri amici in visita, non gli è bastata la prima lezione!» disse con voce tagliente Azimur, prorompendo poi in una perfida risata.

«Andiamo dentro, gli altri sono già pronti, legati come salami!»

Entrando nella capanna stentarono a riconoscerla. Reti nere pendevano ovunque. Un odore nauseabondo li fece indietreggiare, ma furono ricacciati dentro con forza da due Arrowhead, che li scortavano strattonandoli per le braccia. Ciò che più li colpì fu vedere Chepi e Agarth in un angolo svenuti, avvolti da qualcosa di nero. I loro volti erano quasi irriconoscibili. Pallidi al punto da sembrare irreali.

Dall'altra parte della stanza Tyrox, Haya, Helas e Massinur giacevano incoscienti.

«Mancavate solo voi: ora la festa è al completo!»

I bambini si guardarono intorno, come per cercare qualcosa.

«Cercate Dynowish forse? Ah! Ah!» e ancora, una risata diabolica fuoriuscì dalla sua bocca. «Alzate gli occhi e vedrete uno spettacolo indimenticabile!»

Dal soffitto, appeso per una zampa, penzolava Dynowish, che si agitava cercando di liberarsi.

«I suoi poteri qui dentro non funzionano. Nei miei laboratori ho messo a punto un incantesimo infallibile, che trasforma le Lacrime della Luna in una miscela micidiale. Dynowish non potrà fare nulla per fermarmi ora. Manca solo qualche istante al plenilunio e finalmente si compirà il mio piano, proprio prima della vigilia di Natale... Un Natale senza sogni, finalmente! Nessuno sarà più in grado di fermarmi e sarà chiaro per tutti chi comanda davvero!» latrò Azimur, facendo un gesto rapace con la mano, come per strappare qualcosa.

«Ma ora viene il mio vero divertimento, ciò a cui lavoro da tempo. Dynowish sarà testimone della vostra fine. Anzi no, ora che ci ripenso non vi distruggerò, farò di più: vi renderò miei alleati, tutti voi! Che smacco per il nostro caro amico sospeso come un palloncino. Ah! Ah!»

Fece un cenno alle guardie, che legarono prontamente i bambini vicino ai loro compagni.

«Ora Mizuar tocca a te! Sai cosa fare!»

Come nella torre, Mizuar cominciò a fissare un punto preciso, ma un grido di Leo lo interruppe.

«Mizuar, ti prego, non farlo! Eri tu nella stanza, so che mi hai aiutato, ne sono certo. Hai con te il mio coltellino, vero? Chi possiede un oggetto per me così prezioso, non può farmi del male. Valuta bene prima di intrappolarci per sempre. Ricorda tuo nonno e il suo abbraccio, quel mare blu, i fiori speciali che anche tu sei chiamato a proteggere. Non ascoltare Azimur e soprattutto non abbandonare mai i tuoi sogni: se hai fede si realizzeranno!»

Mizuar inaspettatamente aveva spostato lo sguardo verso di lui. Stringeva qualcosa nella mano destra.

«Grazie Leo...» disse, con una voce che si stentava a udire tanto era fioca e instabile.

Azimur lo guardava esterrefatto.

«Ma... Cosa sta farfugliando questo impiccione? Cos'hai nella mano? Dammelo subito!»

Ma Mizuar non si muoveva e continuava a tenere ben chiuso il suo pugno.

«Ho detto di darmelo immediatamente! È un ordine!»

Ancora una volta, Mizuar non reagì. Il suo sguardo sembrava diverso, una piccola luce ora si poteva scorgere nei suoi occhi.

«Non ripeterò il mio ordine ancora una volta, che questo ti sia ben chiaro! Dammi quello che tieni in mano... Imme-dia-ta-men-te!» gridò Azimur con quanto più fiato aveva nei polmoni, livido in volto per la rabbia.

Proprio in quel preciso istante, una luce abbagliante si sprigionò dalla mano del bambino. Le guardie che li circondavano si ritrassero e poi rimasero immobili, come paralizzate. Nello stesso momento, le reti che avvolgevano tutti cominciarono ad allentarsi.

Dynowish si liberò rapidamente e si parò di fronte ad Azimur, nel pieno del suo vigore.

«Ben fatto, Leo! È il coltellino che hai usato per liberare le Lacrime della Luna, vero? Si vede che lo hanno bagnato e ora ci proteggono».

Ma Azimur non si dette per vinto: continuava a imprecare e a dare ordini, dirigendosi infine verso la finestra.

«Che scherzi sono questi? È luna piena e se il flusso si bloccasse ora non sarebbe più possibile tornare indietro! Chi ha osato contravvenire ai miei ordini?» urlò rabbioso, rivolgendosi alle sue guardie. «Appena trovo il responsabile di tutto ciò la pagherà cara!»

Non fece in tempo ad aggiungere altro, che lo splendore di Dynowish in piedi davanti a lui quasi lo abbagliò.

«Credevi davvero di essere riuscito a sconfiggere i sogni? Invece, anche questa volta sono i sogni ad avere avuto la meglio! Abbiamo liberato le Lacrime della Luna e ora i tuoi perfidi piani sono distrutti. Non hai più il tuo potere. Ciò che volevi rubare ai sogni, ora non ti appartiene più!»

«Non è ancora detta l'ultima parola, maledetto dinosauro dorato!» rispose il mago, lanciando incantesimi da tutte le parti. Ma più urlava e si dimenava, più i suoi poteri si affievolivano. Chepi e Agarth, liberati dalla rete che li avviluppava, raggiunsero i bambini, che finalmente li abbracciarono, felicissimi di rivederli. Haya, Tyrox, Helas e Joy, leggermente più indietro, li circondavano dal lato opposto. Erano tutti schierati, pronti alla battaglia. In quel momento un urlo fortissimo squarciò l'aria: «Stiamo arrivando-o-o!».

Era Trox, e con lui tutti gli altri.

«Sei circondato Azimur, arrenditi e passa dalla nostra parte. Non è mai troppo tardi per credere nei sogni!»

Ma Azimur la pensava diversamente.

«Addio per ora, maledetti! Sentirete ben presto riparlare di me!»

E pronunciando parole misteriose, svanì di nuovo, trascinando con sé Mizuar e tutte le sue guardie più fedeli.

«Oh no!» proruppe Leo. «Perché ha portato con sé anche il bambino?»

«Ci deve essere qualcosa in Mizuar di cui lui ha bisogno. Ma non sono ancora certo di cosa si tratti. Non temere Leo, lo scopriremo presto!» rispose Dynowish.

Poi, rivolgendosi a tutti con un luminoso sorriso, esclamò: «I sogni sono salvi ed è arrivato finalmente il momento di celebrare la nostra vittoria!».

Tutti si radunarono fuori e si abbracciarono, esultanti. I sogni fluttuavano finalmente liberi e radiosi intorno a loro, riempiendo l'aria di gioia e di speranza.

Si diressero insieme a Ebilandia, dove il re e la principessa li stavano aspettando. Avevano organizzato una festa sfarzosa per celebrare la liberazione dei sogni e la sconfitta del loro più grande nemico. Sfere colorate e luminose decoravano il cielo come un gigantesco albero di Natale. Impossibile enumerare le leccornie preparate per l'occasione. Fu un evento talmente indimenticabile che decisero di battezzarlo come "la Notte della Luce".

Alla fine, si lasciarono a malincuore, ma pieni di gioia per aver partecipato al salvataggio dei sogni.

Amir aveva iniziato un discorso, rivolgendosi soprattutto a Haya, come per scusarsi di non averle creduto, ma fu interrotto da Zaina: «Quello che vuole dire è che... In effetti lui, Lea e io all'inizio non vi avevamo creduto. Ma poi, ecco... Vi siamo molto grati di averci coinvolto!».

Dopo un grande scambio di abbracci e saluti, Dynowish disse loro: «Non potete andarvene senza prima bere questa deliziosa cioccolata calda in cui Ebishíris, questa notte, ha aggiunto qualche goccia di Lacrime della Luna. Non c'è nulla di più efficace per proteggere i sogni e tenerli vivi per sempre!».

I bambini la bevvero tutta d'un fiato e... qualcosa di davvero incredibile accadde all'istante.

Capitolo 23

Possibile o impossibile?

«Sveglia pigroni! Sono le nove passate, che cosa ci fate ancora a letto? Tutto è pronto per la partenza! Oggi è la vigilia di Natale e dobbiamo arrivare per cena, come ho promesso a mamma e papà!»

La voce della nonna li fece sobbalzare. Erano distesi a letto, gli scuri ancora ben chiusi.

«Ma... Sei qui allora? Quando sei arrivata?» chiese Leo, frastornato, sfregandosi gli occhi assonnato.

«Ieri notte caro. Non avete visto la mia lettera? Catrine è andata via presto questa mattina e ha voluto a tutti i costi prepararvi dei dolcetti. Mi ha raccontato di questi giorni tranquilli e mi ha assicurato che siete stati molto bravi, devo crederle?» canticchiò, avvicinandosi alla finestra per scostare le tende.

«Ma la casa... Cos'è accaduto alla casa? Chi ha messo tutto in ordine?» domandò Ginny.

«È un altro modo per dirmi che avevate lasciato tutto in disordine, cara? Dovrei forse sgridarvi? Suppongo sia stata

Catrine a riorganizzare tutto. Ma dopo questi giorni così faticosi, sono talmente felice di esser qui oggi che non voglio indagare oltre...» e riprese a canticchiare.

Si capiva che la nonna era di ottimo umore quella mattina. Non la vedevano così da tempo.

«Vestitevi e venite giù al più presto possibile. Andiamo a salutare i vostri amici, come facciamo sempre prima di partire!» concluse chiudendosi la porta alle spalle.

«Ginny, ti rendi conto? Ma è assurdo! Come siamo tornati nei nostri letti? Proprio non mi ricordo...» proruppe Leo. «Non è stato tutto un sogno, ne sono certo!»

«Anch'io, però non capisco... Troppe cose non tornano. Hai visto la nonna? Era tranquilla, come se nulla fosse accaduto. Quindi non ha niente a che fare con questa faccenda? Ma come è possibile che non sappia del libro scomparso e della stanza di controllo dei sogni? E la lettera che abbiamo trovato nella sua camera, chi può averla scritta, se non lei? Dobbiamo assolutamente andare di sopra e verificare prima di partire!»

I due si vestirono di tutto punto e, cercando di non fare rumore, sgusciarono verso la soffitta. Stavano per varcarne la soglia, quando udirono la nonna chiamarli dal fondo delle scale.

«Bambini, scendete immediatamente. È ora di andare. Le strade sono abbastanza sgombre, ma occorrono almeno quaranta minuti per arrivare in auto alla stazione di Isslaur. Non possiamo rischiare di perdere il treno!»

I due fratelli si guardarono contrariati. Non c'era altro da fare che ubbidire.

In un attimo, si precipitarono al piano di sotto. La pendola suonava le dieci in punto. Ginny la guardò di sottecchi. Le sembrò di vedere la piccola porticina aprirsi leggermente, come se qualcuno sbirciasse fuori. Fece un cenno a Leo, che alzò gli occhi al cielo, implorandola: «Ti prego Ginny, smettila. È diventata una fissazione!».

Più tardi, quando incontrarono gli amici per gli ultimi saluti prima di tornare a casa, una grossa delusione li aspettava: speravano di poter condividere e commentare l'avventura vissuta tutti insieme e invece ognuno di loro sembrava non ricordare un bel niente. Parlavano soltanto di qualche strano sogno che avevano fatto nella notte, ma nulla più.

Solo Haya appariva un po' confusa. Sosteneva che non si era trattato di un sogno e aveva in mano qualcosa di scuro e appiccicoso, di cui non ricordava la provenienza.

A ogni modo, non ebbero molto tempo per parlare, essendo circondati da nonni e zie che avevano fretta di partire. Sapevano che la vacanza con i loro amici era finita e si salutarono quindi con il consueto affetto, ripromettendosi di rivedersi in estate.

Al rientro a casa, la nonna spedì Ginny e Leo di sopra, a recuperare i loro bagagli.

Mentre salivano le scale, videro lo sportello della pendola aperto e la nonna che si avvicinava all'orologio tenendo qualcosa nella mano. Ginny non poté resistere alla tentazione di sbirciare. Si affacciò alla tromba delle scale e la scorse chiaramente armeggiare e parlare con qualcuno. Si diresse quindi veloce in camera per richiamare l'attenzione di Leo, ma quando entrò lo trovò immobile, gli occhi sgranati a fissare il comodino, il dito puntato davanti a lui.

«Vieni qui e guarda cosa c'è lì sopra!» le disse con voce strozzata.

Di fronte a loro faceva bella mostra di sé un libro rilegato in modo prezioso, sul quale si leggeva il titolo: *Dynowish e la vera storia dei sogni abbandonati.*

«Ti rendi conto? Chi l'ha messo qua? Prima non c'era, ne sono certo! È proprio il libro che cercavamo e ora che cosa ci fa qui?»

«Allora non l'hanno rubato!» esclamò lei mettendosi una mano davanti alla bocca per non urlare.

«Che sia un segno lasciato da Dynowish?» chiese Leo.

«O magari è un tranello di Azimur? Ho un po' di paura... O forse è la nonna a metterci alla prova per vedere se le ubbidiamo? Ma se ci pensi bene, quando sarebbe potuta entrare in camera? È stata giù con noi per tutto il tempo...» rispose lei.

«Ginny, sai bene che non vuole che lo leggiamo, quindi se lo prendiamo trasgrediamo a quanto ci ha detto. Che cosa facciamo? Io lo lascerei qui, ne sono già accadute abbastanza, per i miei gusti!» borbottò lui.

«Ma sei matto? Certo che lo prendiamo con noi, che discorsi assurdi fai! Dobbiamo a tutti i costi saperne di più!» replicò lei.

Leo quindi, usando due sole dita della mano come per mitigare il suo senso di colpa, fece per aprirlo quando per terra cadde un foglio. Lo raccolse con circospezione e lo lesse a voce alta.

Caro Mizuar, abbine cura!
Se presterai attenzione, troverai nel libro tutto ciò che devi sapere.
Con profondo affetto,
Tuo nonno Aschemius

«Cosa? Ti rendi conto? È il libro di Mizuar, proprio il suo!» esclamò, riponendo la lettera al suo interno.

In quel momento udirono dei passi per le scale e sulla porta comparve la nonna. Il viso impaziente, un sopracciglio alzato, il piede che batteva per terra.

«Ancora qui?» domandò irritata.

Leo si era frapposto tra la nonna e il comodino, in modo da nascondere il libro alla sua vista.

«Scusaci nonna, siamo pronti!» esclamarono in coro.

«Allora, uscite dalla camera e scendete immediatamente perché si è fatto tardi!» concluse prendendoli per mano e accompagnandoli verso le scale.

Arrivati al piano terra, Leo fece cenno a Ginny di tornare di sopra, mentre lui cercava di distrarre la nonna discutendo sul modo in cui caricare al meglio le valigie nel bagagliaio.

Poco dopo, la sorella era al suo fianco.

«Non c'era più!» riferì sbalordita.

«Cosa? Ne sei sicura?» sbottò lui.

«Certo che sono sicura, non sono mica matta! Puff, sparito!» disse, facendo un eloquente gesto con la mano.

Il libro era letteralmente scomparso.

«Questa è bella davvero!» sospirò Leo.

«Allora... La storia non è finita qui!»

Mentre parlavano, la pendola scoccò le dodici in punto e Ginny fu certa di vedere una piccola mano sporgersi dalla porticina di legno, facendole un gesto di saluto.

«Leo, hai visto anche tu questa volta, vero?» esclamò rossa in viso.

«Ma è diventata un'ossessione?» replicò lui con un sorrisetto ironico.

Appena si voltò verso l'orologio, vide chiaramente anche lui qualcosa muoversi al suo interno. Non voleva ammetterlo con la sorella, specialmente in quel momento. Bastava già l'assenza del libro, apparso e scomparso nell'arco di un minuto, ad agitarli entrambi. Inutile versare altra benzina sul fuoco, si disse fra sé.

Scosse la testa come per scacciare quell'immagine.

«Forse siamo solo stanchi Ginny, è meglio andare! A casa, mamma e papà ci aspettano, domani è Natale!» sospirò, mentre la sorella continuava a guardarsi intorno, sospettosa, come per accertarsi che non ci fosse null'altro di strano.

La nonna era già in auto che li attendeva ma, prima di raggiungerla, Ginny trattenne un attimo il fratello dicendo: «I sogni hanno bisogno di fede, Leo. Forse è questa la missione per la quale ci ha chiamati Dynowish: far sì che nessuno lo dimentichi mai, e noi per primi».

I bambini si presero quindi per mano e recitarono insieme la frase che ormai li avrebbe accompagnati per sempre.

Se nei sogni fede avremo, sempre li realizzeremo!

Salirono in macchina, accomodandosi sul sedile posteriore, e si voltarono per un ultimo sguardo alla casa. Il bagliore di una luce rosa illuminò la finestra della soffitta. Fu come un lampo. Un attimo dopo era sparito e tutto sembrò tornare alla normalità.

PER CONTINUARE A SOGNARE

Quando ero una bambina, ogni sera prima di dormire mia madre mi raccontava delle storie incredibili e meravigliose. Spesso capitava si interrompesse proprio sul più bello, dicendo che si era fatto tardi o che aveva da fare, e questo mi faceva regolarmente infuriare. A quel punto, la tempestavo di domande alle quali lei rispondeva sempre in modo molto evasivo, ricordandomi che era tempo di dormire e lasciandomi lì da sola a fantasticare. Un giorno però accadde qualcosa di assolutamente straordinario che cambiò la mia vita per sempre.

Era una sera d'estate e una splendida luna piena illuminava il mio giardino e il bosco che lo circondava. Avevo lasciato le finestre della camera aperte, per respirare il profumo della notte. Guardavo le stelle che brillavano, ciascuna di una luce diversa, e provavo l'assurda sensazione che una di loro mi stesse fissando. Chiusi gli occhi e pensai che la mamma aveva ragione: era tempo di dormire. Improvvisamente un rumore insolito, che non avevo mai sentito prima d'allora, mi fece sobbalzare. Sembrava un richiamo. Decisi quindi di andare a verificare in giardino per placare la mia insaziabile curiosità, che da sempre mi travolge.

Non troppo lontano dall'ingresso, vidi una pallida luce rosa illuminare un cespuglio, e subito dopo un insolito fruscio mi bloccò. Mi feci coraggio e mi avvicinai, sperando che non si trattasse di qualche animale selvatico e pericoloso, quando... proprio di fronte a me, come per magia, apparve un gruppo di creature incredibili e meravigliose.

Una di loro fece un passo avanti e si presentò: «Il mio nome è Dynowish, e volo sempre in aiuto di chi ha bisogno di me». Vedendo la mia sorpresa mi spiegò meglio chi fosse, raccontando le storie fantastiche che lo riguardano e svelando incredibili segreti, tutti raccolti in un libro preziosissimo e molto antico che si tramanda da generazìoni, di cui non poteva dirmi molto.

Come potrete immaginare voi stessi, non misi al corrente nessuno di questo episodio: tanto, si sa, gli adulti non credono mai a niente che non possa essere toccato con mano. Vi assicuro però che esistono tante cose invisibili intorno a tutti noi: il mondo che ci circonda è un luogo meraviglioso e, se non vi lascerete scoraggiare, farete scoperte incredibili. Non amo molto dare consigli, ma mi sento di darvi un suggerimento: fate in modo di mantenere sempre vivi i vostri sogni più preziosi. Sarà dura a volte e potreste pensare di non farcela. Ma ricordate che l'impossibile è solo il possibile che non riuscite ancora a vedere! Se poi vi doveste trovare veramente in difficoltà, recitate il motto di Dynowish: Se nei sogni fede avrete, sempre li realizzerete! *Per me è stato essenziale!*

Non voglio dilungarmi troppo: è giunto il momento di svelarvi alcuni dettagli di cui mi ha parlato il nostro eroe. Perché sono certa che soltanto voi, bambini, siete in grado di crederci e di continuare a mantenerli segreti.

Ora mettetevi comodi e buona lettura!

DYNOWISH

IL PROTETTORE DEI SOGNI

Non è facile descrivere Dynowish. Si può forse dire che, se non ci fosse, saremmo immersi nel buio delle tenebre. Dynowish illumina il cammino di ciascuno di noi grazie alla luce emanata dai sogni di tutti i bambini del mondo. Il suo sorriso infonde fiducia, il suo esempio guida ciascuno a perseguire ciò che davvero ama e a credere in sé stesso. Non è facile realizzare i propri sogni, per questo lui li mantiene sempre vivi e indica il modo per affrontare le mille difficoltà che la vita presenta ogni giorno.

Dynowish è fatto di polvere di stelle ed è per questo che la sua pelle risplende come l'oro. Assomiglia a un dinosauro con piccole ali, forti e al tempo stesso delicate, come lo sono i sogni. Ha un'espressione dolce e gentile e un corno magico, simile a quello di un unicorno. Ogni volta che leggerai una sua avventura, lui ti raggiungerà in volo, potente e vigoroso, risvegliando un mondo invisibile e dimenticato e ti trasporterà in luoghi inesplorati, donandoti il coraggio di combattere per ciò che più desideri. È sempre pronto a ricordarci che non può esistere una vita senza sogni.

GINNY

Come avrete già capito, Ginny è una bambina curiosa, intuitiva e intelligente. Le piace indagare e adora fare ipotesi e decifrare i misteri. Ha un carattere permaloso e testardo ma, con un po' di sforzo, riesce a riconoscere i propri errori. È estremamente sensibile e ricopre sempre tutti di attenzioni e bei pensieri. Ama lavorare a maglia e all'uncinetto e leggere le storie che la fanno piangere. Ha una grande debolezza: potrebbe barattare tutto, persino le sue adorate pietre, per un pezzetto di cioccolato. Da sempre terrorizzata dai ladri, vive nella convinzione che la sera possano tentare la scalata alla sua finestra per entrare in camera, anche se non è ben chiaro che cosa vogliano rubare. Da quando ha incontrato Dynowish, riesce ad avventurarsi in luoghi e posti sconosciuti affrontando incredibili pericoli, dimostrando che non esistono paure che non si possono superare.

Grazie alla sua natura indagatrice si fa molte domande e, dopo le ultime vicende, un sospetto la divora: forse la nonna nasconde un grande segreto? Ma nonostante tutti i suoi sforzi, non è ancora riuscita a trovare indizi sufficienti a risolvere questo misterioso enigma.

LEO

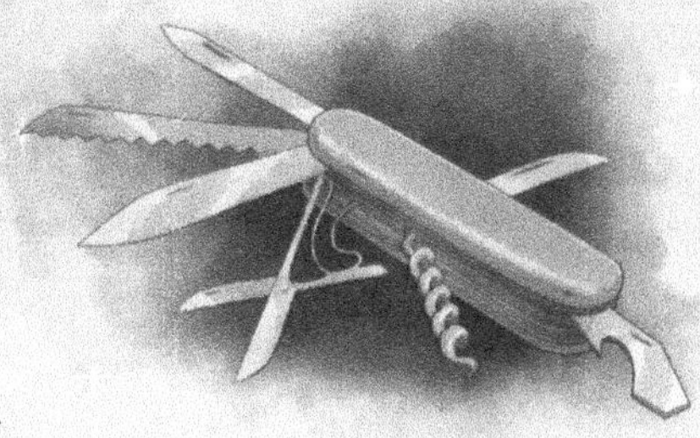

Leo è un bambino forte e coraggioso. Corre veloce come il vento, una qualità particolarmente utile non solo per vincere le gare di corsa con gli amici, ma anche quando, durante la notte, spunta all'improvviso un mostro ed è meglio darsela a gambe! Adora la vita all'aperto, le gite nei boschi e la montagna, e preferisce trascorrere la notte sotto un bel cielo stellato che in qualsiasi altro posto al mondo. Dalla sua grande passione per il campeggio ha ereditato moltissime cose utili, come il suo inseparabile coltellino svizzero, la torcia che tiene sempre in tasca, l'abilità ad accendere un fuoco e intagliare il legno. Detesta essere sgridato, soprattutto dalla nonna, e odia avere battibecchi con la sorella. Per questa ragione, spesso la dà vinta a sua sorella Ginny che, a dire il vero, un po' se ne approfitta. Legge volentieri libri che raccontano storie fantastiche, pieni di incredibili segreti. Fra tutti i personaggi, il suo idolo è Sherlock Holmes, di cui adora l'acume e il modo in cui elabora gli indizi. Ha una passione per le mappe, i codici segreti, gli oggetti strani e gli piace cimentarsi con le cose che può smontare e rimontare, soprattutto con le serrature quando sono legate a misteriosi avvenimenti.

HELAS

Non vi potete immaginare la mia sorpresa quando ho conosciuto Helas: una palla di neve in agosto già di per sé può farci restare a bocca aperta, ma una palla di neve che parla... beh, ho fatto davvero fatica a crederci! Tondo e paffuto, poco più alto di una mano aperta, è il re degli Gnomi del Ghiaccio e un prezioso alleato di Dynowish. Il suo regno immenso si estende tra le montagne di Sávanax e confina con quello degli Arrowhead, un tempo alleati del suo popolo, ma ora alleati di Azimur. In passato gli Gnomi di Ghiaccio, insieme agli Arrowhead e ai Sarpinis, svolgevano un compito importantissimo: consegnavano ad Agarth fiocchi della loro neve, la più soffice di tutto il regno, affinché il buon mago potesse usarla per addolcire i sogni quando risultavano troppo spigolosi.
Helas possiede foglie magiche speciali, capaci di risvegliare sogni assopiti. Sin dalla prima avventura vissuta con Ginny e Leo, queste foglie sono state essenziali per attraversare la foresta dei Ghiacci Perenni e raggiungere il castello di Azimur.
È un grande alleato degli Ebiniani, tanto che questi ultimi gli hanno consegnato un preziosissimo anello con il quale gli è concesso di entrare e uscire da Ebilandia. Si tratta di un onore e di una fiducia concessa solo a pochissimi alleati, e lui è uno di questi.

TYROX

Pensiamo spesso ai dinosauri come ad animali orribili e famelici. Vi assicuro che alcuni di loro possono rivelare caratteristiche del tutto inaspettate, basta osservarli con attenzione. Tyrox, fra tutti, è davvero unico. È un piccolo dinosauro verde, con un musino tondo e gentile e una bocca grande, dalla quale escono due piccoli denti bianchissimi. La sua goffaggine e la sua insicurezza, che a prima vista possono apparire dei limiti, lo rendono invece assolutamente speciale: proprio grazie ai molteplici errori che commette riesce a compiere imprese incredibili, oltre a stemperare momenti di forte tensione riportando il sorriso in chi lo accompagna. Il suo sogno non è seguire le orme del padre Trox, e nemmeno essere come il fratello Troxuss, possente dinosauro di una stazza dieci volte la sua, muscoloso e atletico. Vuole invece diventare un cuoco. Grazie all'incontro con Dragonite, una draghessa a tre teste che lo scambia per il suo adorato figlio, riesce finalmente a realizzare il sogno della sua vita, conquistando il rispetto di tutti gli abitanti di Tyroxilandia.

LADY UNI

Prima di conoscerla, immaginavo che un unicorno assomigliasse a un bel cavallo bianco con un lungo corno in mezzo alla fronte. Lady Uni invece è molto diversa. Emana una luce speciale che enfatizza la sua eleganza e il suo portamento regale. Una criniera con i colori dell'arcobaleno le circonda il collo e la testa, sulla quale spunta un piccolo corno. Il suo manto bicolore è striato di rosa e di bianco, come quei grandi lecca-lecca che si comprano alle giostre. Sempre impeccabile, precisa, attenta e informata su tutto, non commette mai goffaggini o errori banali. La sua voce soave riesce a incantare chiunque sia così fortunato da poterla udire e ha il potere speciale di risvegliare i sogni assopiti. È forte e coraggiosa e non si è mai arresa ad Azimur. Con sua madre, la regina degli Unicorni, ha lottato strenuamente per riunificare il suo popolo, minacciato e disperso dal malvagio mago, e ricondurlo nella Terra degli Ulivi Giganti, il loro bellissimo regno a sud di Ebilandia.
Il suo primo incontro con Dynowish è avvenuto quando era ancora bambina e da allora lo ha sempre seguito ovunque lui richiedesse la sua presenza.

LA NONNA ANNAMARIA

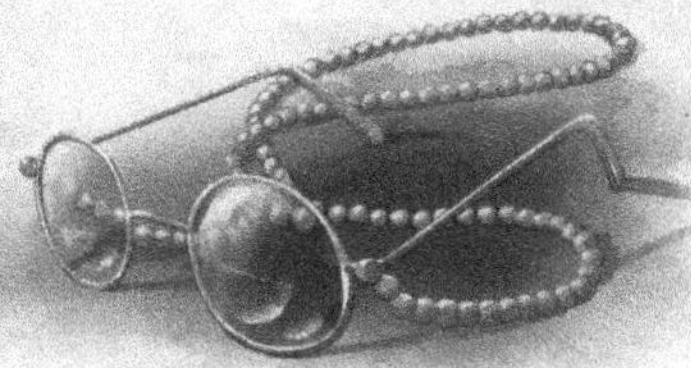

A prima vista Annamaria, la nonna di Ginny e Leo, sembra una nonna come tante altre. Vive a Salimeaux, un piccolo e tranquillo villaggio di montagna dove conduce una vita quieta e monotona. Come la maggior parte delle nonne, ama l'ordine e le regole e si prende cura dei suoi nipoti con amore e sollecitudine. Ma forse dietro ai suoi occhialini tondi, all'ordinato chignon e all'aspetto pacato nasconde davvero un segreto. Come mai è lei l'unica a conoscere le strane storie che racconta sempre ai suoi nipoti? Si tratta di racconti davvero incredibili e pieni di mistero, che ricorda addirittura a memoria. Sono finestre aperte su un mondo incantato e fantastico, che sembra così vivido e reale da poterci entrare. Ultimamente, però, qualcosa la inquieta. È tesa, pensierosa, distratta. Ginny e Leo hanno una sensazione: pare esserci un filo nascosto che la lega alle storie che racconta, ma quale?

IL LIBRO DI DYNOWISH

Nonostante la nonna non voglia assolutamente che Ginny e Leo leggano il libro di Dynowish, decidendo lei stessa quali storie possono ascoltare, i bambini ne sono attratti come da una calamita e lo cercano disperatamente. Soprattutto dopo i loro orrendi incubi, devono a tutti i costi capire che cosa contiene e il perché di questo divieto. Ricordano di averlo sempre visto nella soffitta, ma un insieme di misteriosi e inquietanti avvenimenti impediranno ai due di venirne in possesso, poiché il libro è inspiegabilmente sparito. Qualcuno o qualcosa lo ha preso, oppure è il libro stesso che si nasconde perché non è ancora venuto il momento giusto per essere letto da loro?

L'OROLOGIO A PENDOLO

Un orologio a pendolo antico è sempre un oggetto speciale e ricco di fascino, la cui storia è spesso testimoniata dalla cura e dall'amore di chi ha impiegato tempo e abilità per adornarlo di intagli e decori. Quello della nonna, però, ha qualcosa che lo rende speciale. Ne esistono solo tre esemplari in tutto il mondo, e sono stati creati con il legno di una pianta rarissima chiamata Pandia, nella cui linfa scorre la saggezza delle molteplici avversità superate. Una leggenda narra che più le tempeste la colpivano, più essa scopriva altre vie per superarle, rendendo così il suo legno indistruttibile.

I suoi rintocchi sembrano richiami che sollecitano la nonna a svolgere sempre qualche misteriosa incombenza, la cui urgenza rimane un enigma irrisolto. All'orologio è collegata una chiave che la nonna conserva con cura e porta sempre con sé, ma nessuno sa a cosa serva realmente.

I COMPAGNI D'AVVENTURA

Ginny e Leo hanno stretto una forte amicizia con alcuni bambini loro coetanei, che conoscono da molti anni e con i quali trascorrono buona parte delle vacanze a Salimeaux. Sono particolarmente affiatati e condividono numerose passioni, come pattinare sul lago ghiacciato, sfidarsi a palle di neve, scoprire cose nuove e inventare giochi fantastici. Di ognuno di loro ci sarebbe un'infinità di particolari da raccontare, ve ne accenno solo alcuni.

Maryam è una bambina molto sportiva e dal carattere tranquillo, non ama le avventure ma, quando viene chiamata ad agire per salvare i suoi amici, lo fa di slancio e senza indugio. Una massa di capelli corvini, ricci e lucidissimi, le adornano il bel viso tondo e morbido, e i suoi occhi neri sono profondi come la notte. Sua sorella **Reem,** di due anni più piccola, le somiglia molto e quando ride, cosa che fa spesso, sulle sue guance si formano due grandi fossette che la rendono irresistibile. Non ha paura di nulla, adora le avventure e gioca volentieri sia con i bambini che con le bambine. Non è particolarmente sportiva, ma le piace l'azione, ed è forte, testarda e nient'affatto timida.

Haya invece è sempre in cerca di guai, detesta le costrizioni e va spesso in punizione perché ascoltare non è proprio il suo forte. Adora buttarsi a capofitto in ogni avventura, soprattutto se pericolosa. È astuta e intuitiva e, volendo sempre primeggiare, odia essere messa da parte. **Suheil**, l'esatto opposto di sua sorella Haya, è un bambino tranquillo e responsabile. Può giocare da solo per ore ed è molto indipendente. Disponibile e riflessivo, pensa prima di agire e sta attento a non cacciarsi nei guai.

Nonostante abbia la stessa età delle sue amiche, **Zaina** sembra più grande di loro: è ubbidiente e coscienziosa, e non si lascia facilmente trasportare dalla fantasia. Ama l'aria aperta, ma guarda volentieri la televisione e le piace fare shopping. È un'amica leale, comprensiva, e di certo una persona sulla quale contare. Suo fratello **Amir** è un bambino vivacissimo, spesso in cerca di guai, e una miniera di idee e iniziative. Il suo sogno è poter fare da grande il poliziotto o il soldato, per ristabilire l'ordine e la giustizia. Ha un grande senso dell'onore. Acuto e intelligente come la sorella, non ama le storie di fantasia ed è pronto a ricredersi e a chiedere scusa in caso di errore.

Infine c'è **Lea**, che come Zaina e Amir tende a non credere alle favole e ha un atteggiamento più maturo. Ama molto i suoi amici e per loro farebbe di tutto, ma senza trasgredire alle regole. Si trova spesso a discutere, soprattutto con Haya, e la riprende per la sua incoscienza.

MASSINUR

Quando ho incontrato Massinur per la prima volta, mi trovavo in un luogo davvero particolare, di cui però non posso parlare ora. Lo conosco comunque abbastanza bene da potervi fornire su di lui informazioni precise e dettagliate. È più grande di una casa, scuro e peloso come una scimmia. È il re dei Ragni Giganti, popolo che vive in un luogo remoto, uno dei più inaccessibili della Terra dei Sogni, ovvero il mondo in cui si svolgono le storie di Dynowish. Massinur, dopo essere caduto in un subdolo tranello ordito da Azimur e costretto a diventare suo alleato, viene salvato da Dynowish con il potere dei sogni. L'impresa però ha scatenato l'ira di Azimur che, dopo un lungo duello con il ragno è riuscito a lanciargli un micidiale incantesimo riducendone i poteri e le dimensioni, e rendendolo poco più grande di una prugna secca. Ora, invece di incutere rispetto e ammirazione, le sue misure sono adatte solo a spaventare Maryam quando lo incontra nella casa nel bosco. Ma, attenzione: è sempre meglio non sottovalutare il potere dei sogni...

CHEPI

Ho incontrato Chepi la sera in cui conobbi Dynowish, di cui è da sempre alleata. Quando si è presentata, teneva stretta la sua preziosa valigia, da cui filtrava una luce pulsante di mille colori.

Il suo compito è quello di avventurarsi negli angoli più remoti del pianeta, attraversando terre sconosciute e mari invalicabili, per recuperare tutti i sogni che sono stati abbandonati da chi non crede più in essi. Li trasporta poi nella sua grande valigia e li consegna ad Agarth, il restauratore dei sogni, con cui collabora instancabilmente.

È un'infaticabile viaggiatrice, capace di spingersi oltre i confini dell'invisibile per compiere la sua nobile missione. Il suo sorriso enigmatico e i suoi occhi scintillanti di saggezza conquistano chiunque la incontri e offrono a chi è così fortunato da poterla conoscere il dono più prezioso: la possibilità di esplorare mondi incantati e riscoprire l'immensa magia che risiede nei sogni.

AGARTH
IL RESTAURATORE DEI SOGNI

Di Agarth ricordo sempre la voce calda e tranquilla e lo sguardo che mi ha avvolto nella sua infinita saggezza. Si è presentato molto semplicemente, stringendomi la mano e pronunciando il suo nome. Poi mi ha sorriso. È bastato questo per farmi capire la sua potenza e il suo valore. Da sempre mette le sue doti magiche al servizio dei sogni, per renderli di nuovo forti e pieni di energia dopo che sono stati smarriti. È uno dei più acerrimi nemici di Azimur e, durante un'epica battaglia combattuta contro di lui, è stato costretto a fuggire dal suo meraviglioso regno, la Terra dei Grandi Laghi Azzurri, consegnandolo al suo nemico spietato, che in breve lo ha annesso al suo trasformandolo nella Terra dei Ghiacci Perenni. La vera età di Agarth è un mistero, come lo è la sua origine. Si dice sia perfino più vecchio del re Ebinio. Con la sua saggezza millenaria incita ciascuno a ritrovare la fiducia nei propri sogni e a fare di tutto per realizzarli.

GLI EBINIANI

Gli Ebiniani sono gli abitanti della città di Ebilandia e i custodi dello Scrigno dei Sogni. Vivono in un luogo meraviglioso, interdetto agli umani: nessuno infatti lo ha mai trovato fino a ora, a eccezione di pochissimi bambini e... chissà, magari i prossimi potreste essere voi!

Il loro re, **Ebinio**, li governa da tempo immemorabile e un'antica leggenda narra che sarà immortale finché lo Scrigno continuerà a proteggere il suo popolo. La missione per ristabilire il flusso delle Lacrime della Luna è quindi vitale sia per il re sia per preservare l'ordine e la tutela dell'intero mondo dei sogni. La principessa **Ebilinia** ha l'età di Ginny e aiuta il re, suo padre, a governare Ebilandia. Come tutte le principesse che si rispettino, indossa una magnifica corona tempestata di pietre preziose. Quella più grande e brillante delle altre è intagliata in modo da assomigliare a un fiore e sotto di essa ne spicca un'altra a forma di seme, che sprigiona una luce rosa. **Ebishíris** è la fata preposta a proteggere il mondo fantastico degli Ebiniani e a conservare i segreti dello Scrigno dei Sogni. Chi sia stato in grado di eludere la stretta sorveglianza di Ebilandia e a intrappolarla in una delle terrificanti reti di Azimur, spingendosi fino al cuore della città, è un mistero ancora irrisolto. **Ebidisi** è il luogotenente del re, proprio colui che controlla e dirige la guardia reale, responsabile del sistema di sicurezza della città, uno dei più efficaci e raffinati in tutto il mondo dei sogni. Ha un aspetto austero, uno sguardo astuto e i suoi occhi si muovono sempre velocissimi come se dovesse tenere tutto sotto controllo. Al dito indossa un anello che sprigiona una luce intermittente di colore violaceo, simile a quello di Helas, ma più grande e più luminoso.

LO SCRIGNO DEI SOGNI

È una grande scultura realizzata con il legno di Pandia, il rarissimo albero che cresce solo nelle notti di luna piena e che si è fortificato grazie alle più violente tempeste. È ornato di intarsi raffinati e di pietre preziose, e ricoperto di incisioni e simboli. Ebishíris, la fata preposta alla sua custodia, sa come agire per proteggerlo e preservarlo nel tempo. Gli Ebiniani ne conoscono i segreti, che tramandano di padre in figlio come un'eredità unica e preziosissima. Solo coloro che possiedono un cuore puro e hanno fede nell'impossibile possono sentirne la voce. Ogni sogno che viene liberato dona allo Scrigno una nuova energia, rendendolo ancora più potente, ed esso a sua volta nutre e protegge i sogni.

L'ASTRALUX

Una delle innumerevoli leggende che parlano di questa pietra misteriosa l'ho appresa proprio da Dynowish. In una terra lontana viveva un giovane mago di nome **Aschelabro**, che si dedicava all'esplorazione dei segreti dell'universo e a preservare la vera essenza dei sogni. Durante le sue ricerche, venne a conoscenza che una stella chiamata Astralux custodiva così tanti sogni meravigliosi da poter nutrire la terra per migliaia di anni, e che un saggio era in possesso di un suo frammento. Si narrava che avesse scoperto il segreto di come i sogni possano mantenere la loro forza e vigore. Decise allora di cercarlo. Quando raggiunse la sua dimora vi entrò. Al centro della stanza vide risplendere un'enorme pietra, protetta da una teca trasparente, la cui luce quasi lo abbagliò. Improvvisamente apparve il saggio, che gli svelò il segreto a essa legato: solo colui che fosse stato in grado di guardarla senza timore sarebbe riuscito a dare vita ai propri sogni e a trovare la via per realizzarli.

MIZUAR

Mizuar vive in uno dei racconti della nonna e, nella storia che Ginny e Leo conoscono, ha sempre creduto nei sogni e combattuto per proteggerli. Ma il Mizuar che incontreranno è ben diverso. Qualcosa lo ha profondamente cambiato. Che forse tutto

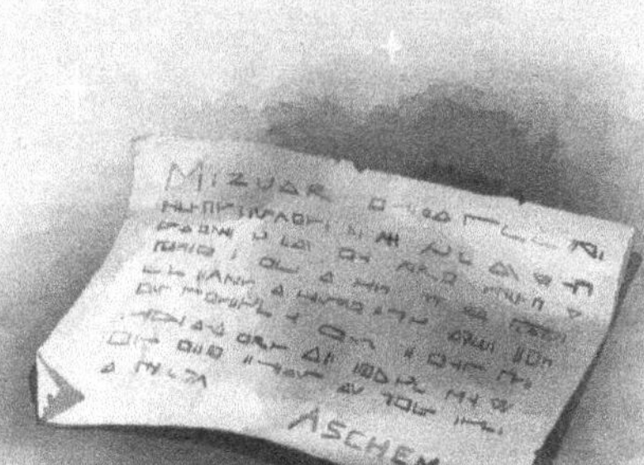

sia precipitato dopo il suo ultimo breve incontro con il nonno **Aschemius**? Non appena egli tenta, senza successo, di consegnare al nipote un seme e una pietra luminosa, scompare nel nulla e Mizuar torna nella sua camera solo e privato dei suoi sogni.
Questo nuovo Mizuar si materializza davanti agli occhi dei due bambini, al fianco di Azimur, e manifesta un terrificante potere: è in grado di evocare gli incubi creati dal mago, il quale, per qualche ignota ragione, ha bisogno che lui svolga questo compito.

AZIMUR

Nessuno conosce la vera storia di Azimur e di come abbia deciso di abbandonare la sua fede nei sogni. Una cosa sul suo conto però è certa: è il più acerrimo nemico di Dynowish. Il suo intento è di appropriarsi dell'energia dei sogni e usarla in modo malvagio per dominare il mondo; riesce a farlo usando metodi sempre più raffinati e ingegnosi, grazie alla sua mente perfida e macchinatrice. Azimur appare spesso di notte, come un terribile incubo, indossando un mantello nero con il bavero rialzato, a nascondere una parte del viso, e un cappello appuntito calato sui due occhi perfidi e subdoli. Le sue mani, dure e nodose, con cui miscela pozio-

ni micidiali, sembrano artigli rapaci. Ma quasi tutto di lui rimane ancora da scoprire.
Schierati al suo fianco ha numerosi alleati che, nella maggior parte dei casi, sono stati costretti a seguirlo soltanto perché temono i suoi poteri malvagi e le sue minacce, e soprattutto perché ha rubato loro i sogni.

GLI ALLEATI DI AZIMUR

Un importante ruolo di difesa e controllo nella Terra dei Sogni è svolto dai **Turxin**, da poco alleati di Azimur. In passato, grazie ai loro poteri, erano le sentinelle dei sogni abbandonati, e per primi li segnalavano a Chepi. Provengono da un luogo lontanissimo, noto come Turxycaia, circondato a est dalle Montagne di Savanax e a sud dalla Terra degli Gnomi dei Ghiacci. Assomigliano ad alberi e i loro poteri sono superiori a quelli di qualsiasi creatura. Le loro foglie, infatti, sono veri e propri occhi mobili, dotati di poteri incredibili: non solo vedono fino a distanze inimmaginabili, ma anche attraverso qualunque tipo di materiale.

Con loro si sono da poco schierati gli **Arrowhead**. Il re Sinessu e la regina Sanris sono i loro sovrani e governano Arrowlandia, che si trova a sud-ovest della Terra dei Ghiacci Perenni e, a nord, confina con quella degli Gnomi dei Ghiac-

ci. In passato fedeli alleati di Dynowish, collaboravano con i loro vicini e con i loro cugini **Sarpinis** e aiutavano Agarth a raccogliere frutti e fiori tra i più belli e sgargianti, permettendo al buon mago di ridare colore ai sogni sbiaditi. Il loro aspetto può divenire terrificante quando le piume sgargianti, che ne circondano la testa, si trasformano in frecce micidiali e velenosissime, che scagliano per difendersi. Ma hanno anche numerosi altri poteri che li rendono temibili: riescono a penetrare ovunque saltando con le loro lunghe zampe o strisciando lungo i muri, mimetizzandosi come gechi.
I **Marinis**, infine, sono meravigliose creature marine con poteri formidabili, che consentono loro di camminare e muoversi con facilità anche sulla terraferma. Il loro corpo è ricoperto da squame, il viso circondato da capelli simili ad anemoni di mare. Sono fortissimi e incredibilmente resistenti. Prima di passare dalla parte di Azimur, aiutavano Chepi quando qualche sogno si inabissava nei mari più cupi e irraggiungibili e la proteggevano nei suoi viaggi.

RINGRAZIAMENTI

Come per realizzare un sogno, anche per creare un libro occorrono amore, pazienza, impegno, tenacia e la dedizione di molte persone. Tuttavia, se non fosse stato per i miei figli, che hanno risvegliato questo mio sogno abbandonato, non mi sarei mai lanciata in questa avventura. I bambini, infatti, hanno il potere di stimolare parti di noi che credevamo scomparse o assopite. Ora che trascorro più tempo con loro e con i bambini delle scuole nelle quali, grazie a Dynowish, ho organizzato numerose iniziative, sono riemersi aspetti della vita che si erano assopiti da tempo e sono tornata a pormi mille domande.

Ringrazio i miei figli e mio marito per aver sempre creduto in me, per avermi supportata in questa impresa e creato la bellissima scultura di Dynowish: un simbolo per ricordare a tutti di non smettere mai di sognare. Proprio per diffondere questo messaggio, mio marito e io abbiamo costituito Dynowish Foundation per proteggere e tutelare i sogni di tutti i bambini del mondo.

La vita di ciascuno si compone di tantissimi tasselli, tutti essenziali, come le gocce d'acqua che formano un oceano. E le prime gocce del mio mare arrivano dai miei genitori, che hanno cresciuto me e i miei fratelli in una casa traboccante di libri e cultura, e ci hanno sempre spronati a leggere fin da quando eravamo piccoli. Il loro esempio mi ha insegnato ad amare la lettura, una passione che, da quando avevo sette anni, mi ha sempre accompagnato come il mio migliore amico. Grazie ai libri ho vissuto avventure incredibili, immaginato luoghi invisibili, attraversato il cosmo, scoperto mondi lontani, arricchendo la mia vita in modo unico e meraviglioso.

Ringrazio tutta la mia famiglia, in particolare le mie sorelle e mio fratello, e i miei amici sparsi per il mondo, che porto sempre nel mio cuore, ovunque mi trovi.

È vero però che per scrivere un libro non occorre solo leggere tanto, avere fantasia o conoscere bene una lingua. È un processo impegnativo, che coinvolge moltissime persone.

Tutto è scaturito da un progetto per bambini che ha preso vita a Beirut, circa sette anni fa. Dynowish si è fatto strada dentro di me e ha cominciato a germogliare e crescere finché non ho più potuto ignorare la sua voce.

Poi, l'incontro con Martino mi ha illuminato la strada. La sua generosità e quella di sua moglie, Lucia, e il loro lavoro congiunto hanno reso possibile la realizzazione dei sogni di tanti bambini in Etiopia, grazie a Busajo, l'associazione da loro creata. Questo è stato un altro stimolo per proseguire a credere che anche i sogni più difficili possono sempre essere realizzati. Non solo per questo lo ringrazio, ma anche per avermi ascoltato e per avermi fatto incontrare Beatrice Fini. Non avrei mai immaginato che sarebbe stata lei la guardiana del mio sogno abbandonato. Penso che lo custodisse in un cassettino della sua scrivania da lungo tempo e attendesse solo il momento giusto per aprirlo. Ricordo la sua telefonata, in un caldo pomeriggio, mentre guidavo nel traffico, e le sue precise parole, che sono rimaste scolpite indelebili nella mia memoria. È stato grazie alla sua fiducia che la fiammella si è trasformata nella fiamma che mi ha portata fin qui.

Ho attraversato le fasi iniziali del mio primo libro con la pazientissima e adorabile Simona Merlino, che ringrazio dal profondo del cuore. Ma un ringraziamento speciale è per Giovannella Masini, la mia meravigliosa editor, che ha trascorso giorni e notti con me e con Dynowish. Mi ha guidata con tanta gentilezza e lungimiranza, fino a trasformare questa storia nella versione migliore di sé stessa, condividendo con me il testo senza darmi mai un attimo di tregua.

Ringrazio mio marito Antonio Signorini, che ha illustrato il mio primo libro, e Luigi Aimè, per aver entrambi esaltato il mondo di Dynowish con la copertina e le illustrazioni più belle che io abbia mai visto.

Un grazie anche alla traduttrice Ailsa Wood, che ha abbracciato questa storia e l'ha trasportata in un'altra lingua, cercando di mantenerne immutati l'essenza e lo spirito.

Un pensiero speciale va a Maria Grazia Giuffrida, presidente dell'Istituto degl'Innocenti di Firenze, con la quale abbiamo dato vita a un bellissimo progetto, ancora in corso, legato ai sogni e a Dynowish.

Un ringraziamento alla splendida Chiara Meini, senza la quale molti sogni non si sarebbero potuti realizzare, a Susanna e Vanni Torrigiani, che hanno ospitato Dynowish nelle loro Serre, all'instancabile Patrizia Panchetti per la sua disponibilità e il suo continuo lavoro, a Vito Vitarelli che ha aiutato a risolvere molti aspetti pratici.

Ringrazio anche tutte le scuole che hanno accolto Dynowish, i bambini che hanno creato disegni meravigliosi e gli insegnanti. Un ringraziamento particolare va alla preside Claire Turnbull, che ha accolto per prima Dynowish nella sua scuola, a Lily Joy Jackson, che ha creato l'incredibile progetto artistico, alla meravigliosa e appassionata Claire Smith, efficientissima organizzatrice, a Fatma J. Al Redha, che con la sua infinita disponibilità ha reso possibile la presentazione al DIFC, a Melisa Pezuk e Tuba Demiroglu per aver ospitato per prime Dynowish e i suoi sogni a Gate Avenue, a Randa Armanazi e Jana Obeid per avermi fatto conoscere Beirut e acceso la prima scintilla. Grazie alla generosità intellettuale di Ida Zillo Grandi, presidente dell'Istituto di Cultura italiana a Dubai e alla fantastica Cristina Marinelli, che è riuscita, insieme all'Istituto, a organizzare due impeccabili presentazioni, e grazie a tutti i bambini di questo libro, che non hanno mai smesso di sognare liberando anche i sogni di noi adulti.

Paola Myriam Visconti

INDICE